深圳の夜

岩間俊卓

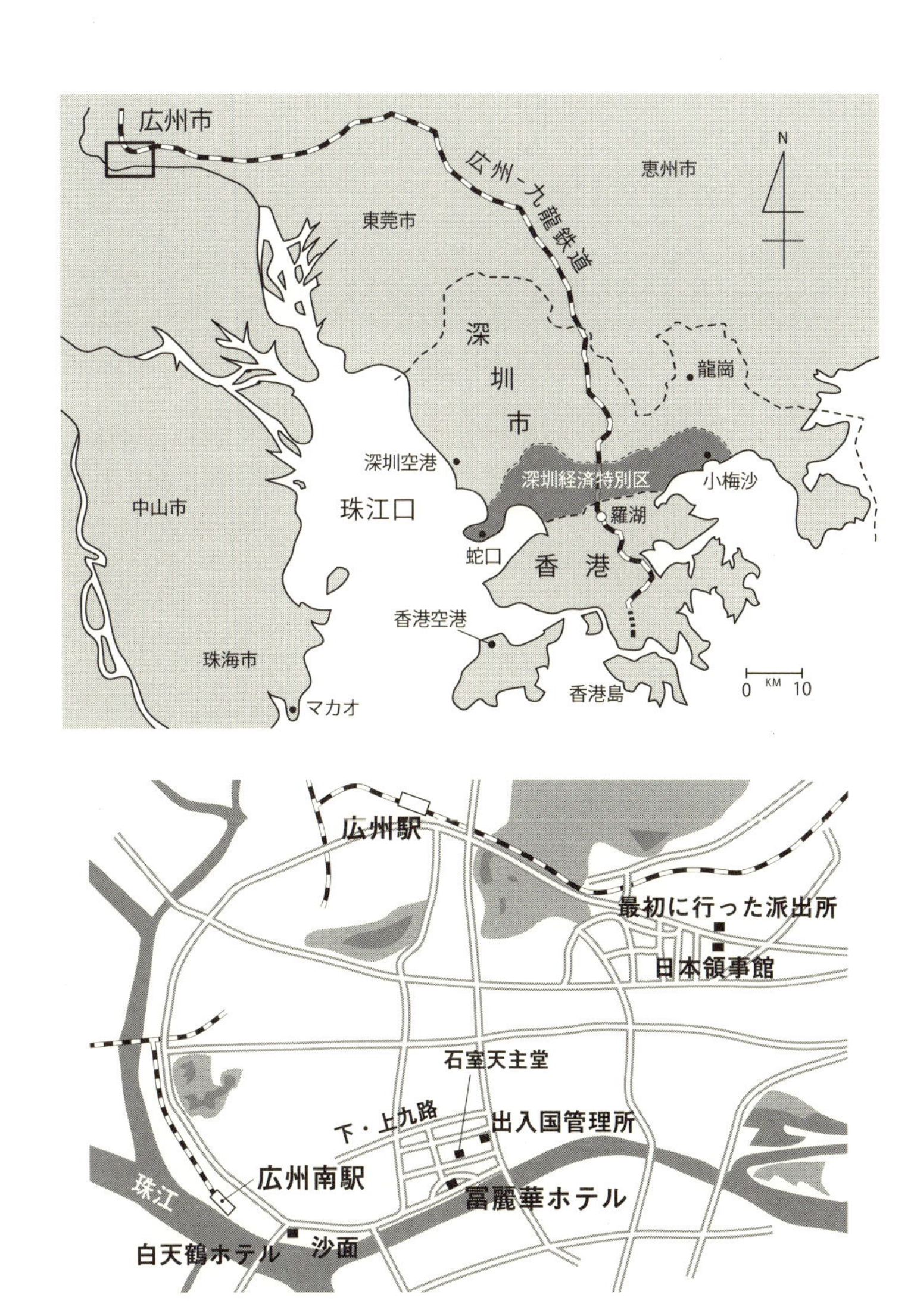

上図　深圳市とその周辺地図
下図　広州市部分図（上図長方形囲い部分）

ある年とった男がいつも若い娘に取り入ろうとするのを、人は罵った。
その男は「若返える手段はこれよりほかにないのだし、誰だって若返りたいと思うものでしょう」と答えた。

——ゲーテ「親和力」より

目次

深圳の夜

序章

この故事（物語）は、それほど遠い過去のことを述べようとするものではありません。しかし、十年一昔という言葉がありますから、その意味では、一昔半くらい前のことになります。ですから、昔の話だといえなくもありません。手っ取り早く言いますと、二十世紀もあと一年と一ヶ月を残すのみとなりました一九九八年十一月から今世紀初頭にかけてのおよそ二年間にまたがる時期の出来事であります。物語の舞台は中華人民共和国広東省深圳市です。ここ亜熱帯に属する南国では一年の中でも十一月がもっとも心地よい月でありますが、その十一月の中頃、深圳市の表玄関であります羅湖の入国口から、深圳に初めて足を踏み入れた日本人男性がありました。この物語の主人公、田村耕三（五七歳）であります。

彼は、加瀬精密金型㈱とその取引先の㈱宮城工業が合弁にて設立します金型工場の立ち上げの仕事のために深圳入りしたのでした。ただし、ここにありますのは、工場の立ち上げについての話ではありませんで、田村耕三氏のいうところの「第二の人生」での新たな挑戦——日式卡拉ＯＫ店開業——の顛末についてであります。

先ずは、主人公の田村耕三がここに至る経緯から眺めてみることにしましょう。

第一章　深圳入境

田村耕三は、当時日本でプラスチックス射出成形用金型メーカーとしては、規模、売上高ともに、トップテンの中に数えられた大下金型工業㈱を半年前に自己退職した男である。

彼は大学卒業と同時に大下金型工業に入社、以来三十五年間、ずっと同社に勤め、主に営業職にあった。長年右肩上がりの成績を続けていた大下金型であったが、日本のバブル経済がはじけた一九九〇年代前半を境にして、同社の業績は急激に悪化し始めた。それでも強気の二代目社長は積極的に最新鋭のＮＣ工作機械を導入するなど、設備増強策を続けた。それが裏目に出た。それまで、一進一退ではあるが確実に進んでいた円高がさらに進み、金型業界の主要顧客である日本の自動車、家電、事務機などの製造業が工場の海外移転を加速させ、現地での生産比率を高めていったため、国内の仕事が減った。大下金型では設備過剰が明白となり、とうとう赤字決算へと転落する破目に陥った。

一九九八年のことであった、二年連続の多額の赤字を出した大下金型の大下社長は、黒字転換を図るには、人員を減らすリストラ策しか方法がないと判断し、高齢社員には退職金を割り増しすることで、早期退職希望者を募った。その春、五十七歳であった耕三は、三十五年間勤め続けてきたこの会社に見切りをつけ、割り増し退職金を元手に何かをやって見たいとの考えもあって、進んで手を挙げ、退職したのだった。

三十五年間の長きに亘り、一つの会社に居続けた田村耕三は、職安に通いながら考えた。これから歩む第二の人生となる仕事では、昔大学で専攻した中国語を生かしたいものだと。

彼は高校を卒業すると外語大の中国語学科に進んだのであったが、それは外国語が好きであったからで、本当は英語学科を志望していた。しかし、受験直前になって、自分の受験勉強の程度では英語学科への合格は覚束ないと考え、より競争率の低そうな中国語学科を選んだのであった。だから、彼の入学後の弁によると、実は中国語ではなくロシア語だってかまわなかったそうだ。この一事からも判るように、彼は何事につけ、物事を難しく考え、周到に準備するタイプの人間ではなく、結構出たとこ勝負といった生き方をしてきたのであった。

彼の卒業時の日本は中華人民共和国と国交がなく、両国間の物の輸出入はもちろんのこと、人の交流も殆んどなかった。従って、卒業当時は中国語を生かせる仕事や企業は見あたらなかった。それで、叔父の勤め先の関係でコネのあった大下金型工業に入社したのであった。ところが、あれから三十五年経過した時には、国交が回復していたばかりか、日本経済の爾後の命運をも左右しかねないほど密接な関係、すなわち彼らがよく言うところの一衣帯水の関係ができかかっていた。

まさに、中国語が生かせる時代が到来していたのである。彼はこれまでに欧米へは、業界の視察旅行などで、何度か出かけたことがあったものの、彼が大学で専攻した中国語の本場である中華人民共和国へは、ただの一度、広東省の東莞市へ出張、一週間滞在したことがあったのみだった。

退職から三ヵ月ほどが経った一九九八年九月の初めのこと、耕三は失業保険金の給付資格の認定を受けるため、出入りしていた職安にて、ある求人広告を見つけた。広告主は中堅金型メーカー、加瀬精密金型㈱で、そこにあった条件は、

一、中国語が話せること、

二、単身赴任の可能な人

であった。勤務地は「広東省深圳市（香港に隣接の中華人民共和国経済特別区内）」となっていた。同社が「近々深圳に設立する予定の工場へ単身赴任可能な中国語のできる人材」を求めていたのである。彼が早くからその存在を知っていた金型メーカー加瀬精密金型の求める人材のポストは、まったく彼に打って付け、彼のために用意されたもののように思えた。彼は家に帰ると、すぐに履歴書を書き、加瀬精密金型へ郵送した。二日後には、加瀬精密から彼に電話連絡があり、面談したいと伝えてきた。その翌日、耕三は加瀬社長と面接したのだった。

「いやぁ、驚きましたね。あの大下金型に勤めておられたんですね。履歴書を拝見しますと、営業畑で……三十五年ですか。金型については、私なんかより先輩です」

「大下金型の業績不振は当然お聞き及びのことでしょう。早期退職することで、割り増し退職

金がいただけたものですから。思い切って辞めたのでした」

「今度の求人広告には、果たしてどんな方が応募してくださるものかと……、勤務地が中国になるものですから、心配していたのですが、田村さんのような方に来ていただけるなら、金型の教育は無用としたものですから。大助かりです」

「私が中国語を勉強したのは三十五年も昔のことですから、私の中国語はかなり錆付いています。ただ、そこは、金型の営業知見で補えるのではと考えまして。厚かましくも応募させていただきました」

「いやいや、厚かましいどころか、三十五年間の業界での経験は貴重ですから。それに、この度の中国進出は日系企業との合弁でしてね。あちらでは、日本語のできる通訳も雇ってはいるみたいですから、強いて中国語にこだわることもなかった訳ですが、それでも言葉が出来ないと現地で採用する予定の従業員との間に誤解が生じるとか、言葉の理解不足が原因で、損害を蒙るリスクが高くなることを心配しているのです。――ところで、履歴書のなかには家族欄が空白になっていますが、現在お一人での生活でしょうか?」

「ええ、二年前に妻を亡くしまして。胃癌でした」

「そうですか、そんな事情がおありだったですか」

「息子が一人いるのですが、こちらは所帯をもっていて、二人の子持ちです。いまは一家四人でドイツに駐在しております。いや、息子のことは関係ありませんでしたね――」

田村耕三の加瀬社長との面談はこんな具合に進み、社長の即決で、加瀬精密金型で働くことになったのだった。彼がこうして入社したのは、加瀬精密金型の中国への進出がほぼ固まろうとしているときであった。日系のプラスチックス射出成形業者、㈱宮城工業が深圳市郊外のとある工業団地内で借りている一棟の工場用建物内に、宮城工業との合弁にて、金型工場を建設することで話が進んでいた。その宮城工業の社長は二代目社長である。彼の父親が初代社長であったのだが、その父親は老齢で三年ほど前に現役を退き、会社の経営を長男の宮城明彦（現社長）に譲った。初代社長が若かりしときは、仕事は豊富で、利益もそれなりに出たのであるが、六、七年前からは、発注者側が海外に製造拠点を移し、日本での製造はどんどん減って行った。そんな訳で、日本にいては、仕事が貰えなくなることは必定と思われた。二代目社長は、従来の顧客から仕事を確保するには、顧客がすでに進出している中華人民共和国に、思い切って出て行くべきと考え、三年前に、深圳に進出したのだった。

深圳に工場を遷して、射出成形を行なうについて、宮城社長が頼りにしたのが、先代の時から雇っていた当時五十八才だったベテラン技術者であった。彼以外にも射出成形に経験のある成形技師は数名いたが、宮城社長にとっては、単身赴任ができ、また技術を中国で雇う工員に教えてしまえば、それでお役ご免として、退いてもらうに都合のよい後藤栄一を選び、深圳工場の成形事業を任せていた。あれから二年、成形事業は順調に進み、成形品のサブアセンブリーの仕事も増えていったが、金型については、日本での従来の取引先である加瀬精密金型に発注し、同社製の金型を深圳に持ち込んで使っていた。しかし、金型のメンテナンスには時間的な問題もあって、それが理由で、取引先の加瀬精密金型に深圳への進出を促したのであった。

一方加瀬精密の加瀬信人社長も海外展開については積極的な姿勢をとっていたから、宮城工業との合弁の話し合いは短期間で結論を得た。田村耕三が加瀬精密金型に入社した時点で、同社と宮城工業との合弁事業の概要はほぼ固まっていた。即ち、持ち株比率は加瀬精密金型が四分の三、宮城工業が四分の一とすることで合意をみていた。資本金は当面一億円でスタートする。場所は後者がすでに借り上げている工場用建物内とする。この合弁会社へは、加瀬精密の技術課長の小山大輔が総経理（支社長）となって赴任することまで決まっていた。ただ、加瀬社長は、この技術畑の小山以外にも、中国人の採用、教育、管理には彼を補佐する中国語の通訳、あるいは中国語を解する管理職が不可欠と考えていたのである。従って、同じ金型業界に長年勤務し、そのうえ中国語も解する田村耕三は、願ったり叶ったりの適人者であった。

田村耕三の入社後、加瀬社長との打ち合わせ検討で、一ヶ月後には、深圳に立ち上げる工場のスタート時に設備する機械および機器の種類が決まり、リストアップされた。さらにはそれらの設置場所のレイアウト図も画き上げることができた。後は、実際に現地に行ってみてからの情況により、若干の修正や変更を加える必要があるかもしれないことを互いに了解したのであった。加瀬社長は、深圳工場立ち上げについては、これ以上日本での打ち合わせは不要と判断し、とりあえず準備を整えるため、田村耕三を小山課長より一足早く、深圳へ送り込み、宮城工業との打ち合わせや、工場立ち上げの準備を進めさせることにした。

十一月二日の朝、加瀬社長と田村耕三は成田空港で落ち合い、午後の便で香港入りした。その日は、宮城工業の登記上の本店所在地である香港の事務所に近い恒豊酒店にチェックインした。ここは宮城明彦董事長（社長）が事務所への便を考えて予約してくれてあった。ここからだと、宮城氏が毎週二日、月曜と金曜に出勤する事務所まで徒歩で五分程で行くことができる。

翌朝、九時前にホテルへ迎えにきた宮城氏と一緒に、加瀬社長と田村耕三は一度、宮城工業の事務所へ行き、そこで昼まで合弁事業の事務的な打ち合わせを行なった。昼食のあと紅磡から九龍鉄道の電車に乗り羅湖まで行き、香港側を出たところで、中国への入国審査、税関を通過して深圳駅駅頭へ出た。田村耕三にとっては初めて足を踏み入れる深圳経済特区であった。そこからはタクシーに乗り、宮城工業の加工廠のある宝安区へと向かった。工場は、羅湖から車で三十分足らずの場所にあった。その日は、三人共に工場近くの三星級*のKホテルに宿泊した。

「今日はもうこんな時間ですから、工場を見るのは明日のことにしましょう。七時になったらロビーまで降りてください。ホテルのレストランで一緒に食事をしましょう」と宮城社長。

翌朝、加瀬社長と田村耕三は宮城社長と共にホテル内で、簡単なバイキング形式の西式早餐

---

* 中国独自で認定した等級で、五星級が最上クラス。外国人は三星級以上に宿泊することとの規定があったらしい。

（洋風朝食）を摂ったあと、タクシーで五分ばかりの距離にある工業団地へ向かった。折からの出勤時間で、若い女工が三々五々それぞれの職場に向かってぞろぞろと歩いているのが見えた。その女工たちはいずれも年が若く、背格好は日本の同年代の女性よりは若干小柄であるように見えた。ここ向西村工業団地には、香港系企業と日系企業の加工工場があった。香港系の金型工場、同じく香港系の成形兼金型工場、日系の成形工場、それに宮城社長の経営する成形工場および成形品組み立て工場などである。宮城工業の中国における加工工場の名称は「宮城塑膠加工廠」と称していた。プラスチック製品の射出成形とそこで出来上がった成形品へ他社で造った部品を組み込み、サブアセンブリー品にして日系の製品メーカーへ納入していた

宮城の工場は、外観は学校の校舎のような三階建ての鉄筋コンクリート製の建屋で、建坪は五百平米ほどあった。一階に射出成形機を三台据え、二階の三分の一ほどが、事務所になっており、その後方が組み立てラインであったが、組み立てラインには工具の他に機械と呼べるほどのものは皆無で、ほぼ全組み立て工程を人力（手作業）でこなしていた。従業員は六十名ほどいたが、ほとんどが二十歳前後の女性であった。

宮城社長は、加瀬社長と田村耕三を伴って工場内を一巡した後、耕三を一階の射出成形機の並ぶ成形工場へ再度連れて降り、成形の責任者である日本人技師後藤栄一に紹介した。その人物は耕三と同じ年頃か、若干年上に見えた。紹介された耕三は、印刷されたばかりの真新しい自分の名刺を後藤にさしだして、挨拶した。

「今度、こちらで金型工場の立ち上げ準備を手伝わしていただくことになりました田村耕三です。よろしくお願いします」

「後藤です。こちらこそよろしくお願いします」

彼が机の引き出しから取り出し、耕三に渡した名刺には、「宮城塑膠加工廠製造部経理　後藤栄一」と印刷されていた。裏面には、Eiichi Goto, Production Manager とあった。

宮城社長（董事長）は更に加瀬社長と田村耕三を金型工場とする予定の近くの建屋へと案内した。加瀬社長は既にそこを一度見ている。その建物も同じく建坪五百平米ばかりの未使用の建物だった。

「広くはありませんが、前回加瀬社長さんがおいでになった時に見ていただいた場所です」

この建屋の中の地面がまだ整地、舗装されていなかった。

「ここの一階と二階の半分を使って、われわれ両社の合弁による金型製造事業を始めることになります」

これは宮城社長による田村耕三への説明である。立地場所を見たあと、宮城社長は日本からの二人を伴って再度事務所に戻り、耕三を一人の中国人社員に紹介した。

「こちらは柳嘉栄君です。彼は日本語がぺらぺらですから、仕事を進めるにあたっては、柳君に協力するよう指示してありますから、判らないことがありましたら何でも相談してください。また、機材の輸入手続等も彼に依頼していただいて結構です」

田村耕三は彼からも名刺を貰った。そこには、「総務部主任　柳嘉栄」と記してあった。

こうした打ち合わせをしている間に、早くも正午になり、昼休みの到来を告げるベルが近くでけたたましく鳴った。事務所にいた事務の女性三名と男性二人は席を立って、食事に出かけるらしく、部屋を出ていった。彼等と入れ替わるように、後藤部長が一階からこの二階の事務所に上がってきた。宮城社長も社長室に鍵をかけて、出かける準備ができたとの合図を後藤部長に送った。

「それでは、お昼にしましょうか」

宮城社長を先頭に事務所を出た。加瀬社長と田村耕三は二人に従って事務所を後にして、戸外に出た。道路にはそれぞれ昼食のため、思い思いの場所に行くらしい数多くの工員の群れが行き交っていた。

「この向西村の工場団地内で働く工員は六百名ほどいますが、ほとんどの工員は、村が経営する、あそこの大食堂で食事をするのです。一部のものは外の店で買ったものを食べるか、寮やアパートに帰って食事を作って食べたりしているようです」と、後藤が耕三に教えた。

守衛の常駐する工業団地の門を出て、なだらかな坂を三分ほども上ると、民家の建ち並ぶ一画に入って行った。そこには割合最近に建ったとみられる、日本の一昔前の国鉄の官舎や大企業の工場隣接の社宅といった感じの小ぶりの平屋が数十戸互いに間隔を空けず建っていた。

「わたしが下宿しているのは、中国人夫婦の住む一戸建ての家の一室です。三食の賄い付きです。昨日社長から電話で指示がありましたので、今日は特別にお二人分の昼食を追加で頼んでおきました」

　玄関ドアーを開け、靴を脱いで、スリッパに履き替えて、応接室に入った。応接三点セットがあり、正面には二十五チンチばかりのテレビが置いてあった。四人が席につくと、すぐに、五十半ばと見える奥さんが日本流のカツカレーを四皿運び込んできた。

「このカレーライスの作り方は私が教えたものですよ」と、後藤部長が言った。


　加瀬社長は、深圳に更に二日間滞在した。彼が深圳を発つ前夜、宮城社長は彼と村田耕三を日本人客が多いというクラブ「都」へ案内した。

　彼ら三人がボックスシートに案内され腰を降ろすと、間をあけず、年の若い女がお絞りを盆に載せて運んできた。その子が去ると、入れ替わりにママさんがやって来た。宮城社長とは既知と見え、彼に「ご指名の子はいますか？」と聞く。彼が「ない」と答えると、ママさんは入り口近くに立っている女の子の方に顔をむけ、仕草で来るよう合図する。

　三人の年の頃二十歳を少し越えたばかりと思える女性たちがやってきた。彼女たちは赤系統の旗袍(チーパオ)（チャイナ・ドレス）を着ていた。

「こちらが亜紀、それに莉奈と千秋です」とママさんが紹介していく。

　これらの日本風の名は、店で女の子たちが使っている源氏名である。もちろん、中国女性である。千秋が宮城社長につき、莉奈と亜紀のそれぞれが加瀬社長と田村耕三についた。彼女たちは片言の日本語が話せた。飲み物の名前や店でよく使われる言葉を勉強して、覚えていたのである。中国語の出来ない日本人にとっては、片言でも日本語が喋れる子は貴重であった。

「莉奈、いい名前だね」

「はい、私の姓は李です。だから、莉奈がいいだろうと、マスターつけてくれた」

莉奈は、肉付きのよい、宮城の会社の女工たちに比べると、若干大柄の女性であった。耕三の好みに合った体形ではなかった。耕三自身は、同年代の日本人男性の中では少し小柄な方であったから、大柄の女には圧倒されるように感じ、彼の好みには合わなかった。彼はどちらかと言えばきゃしゃな女が好みであった。

三人はサントリーの達磨を一瓶開け、水割りで飲んだ。途中何度かフロアーに出て、女の子と踊ったりもした。ここにはカラオケの設備もあり、自分の歌いたい曲を指定しておくと唱うこともできたのだが、この夜は三人とも歌わなかった。彼女達の使う頼りない日本語からも、多くのことが判った。莉奈は二十五才であり、四川の出身であること。彼女の妹も深圳に来ていて、妹のほうは工場で働いていることが判った。

この店ではフロアーにてダンスをする客が多かった。宮城社長はダンスが得意らしく、何度も相手の女性と踊っていた。三人は一時間ほどこのクラブにて時を過ごした後、そこを出た。耕三は深圳の夜のさわりを体験したと感じた。

宮城社長は加瀬社長と田村耕三の二人をタクシーに乗せ、加瀬社長に別れの挨拶をして、タクシーの運転手には行き先を告げた。一方彼自身は香港へ帰るため、出国口へ向かって歩み去った。彼は家族ともども香港に住んでいるからである。家族とは夫人と小学校に通う二人のお嬢さんたちである。彼女たちは日本人学校へ通っている。彼は一週間の半分近くを香港の本社事務所で仕事をし、週に二、三回は九龍鉄道とタクシーを使い片道一時間半近くをかけて深圳の成形・組み立て工場へやってくるが、この度のように客の訪問があるなどの特別の日を除き、大方の日は、夕刻には工場を発ち、香港の住まいへと帰っていくのである。

加瀬社長は、深圳での工場建設の前準備を田村耕三に託して、マレーシアで進めているプロジェクトを視察するため深圳を離れていった。田村耕三は、更に十日ほど深圳に滞在して、先ずは現在のでこぼこのコンクリート床（フロアー）の平坦化工事を指示し、将来は中国工場の営業を担当させる予定の男性一名と、金銭出納記録をさせるための経理の出来る女性一名の募集広告を、柳嘉栄氏の協力を得て、新聞に掲載した。

柳氏によると、深圳で求人活動するには、幾つかの方法があるそうで、単純作業をさせる組立工などの場合は、工場を出たところ、道路に面した門に求人募集を掲示するだけでも、数十人の応募者があるとのことだった。更には、人材市場なる場所があるから、そこへ出かけて行き、僅かな費用を払うだけで、募集広告を貼りだし、専用の机と椅子を借りて、その場を臨時の面接場所とできる。深圳に来て、職を探そうとしている若者が沢山集まってくる場所であり。こうした「人材市場」は市内のあちこちにあるそうだ。

新聞に掲載した求人広告では、男の幹部候補生で近い将来に営業を担当してもらう人材については、次の二つの条件をつけた。

①大学を卒業していること

②日本語が出来ること

これには三人の応募があった。一方、経理職のポストに応募してきた女性は二人しかいなかった。十二月七日（月曜日）に全員と面談した。営業を担当させる予定の幹部候補には優秀な人材が確保できたが、経理職の応募者については今一つ物足りない感じがあったが、二名の中の一名をとりあえず採用することにした。但し、彼らには、一九九九年正月明けの一月十一日（月曜日）から出社開始するよう指示した。

田村耕三は二人の採用を決めると、一旦日本へ帰ることにした。宮城社長側で行なう建屋内のフロアー整備工事に一ヶ月を要する予定だったからだ。

第二章　加宮模具

正月を日本で過ごした田村耕三は、一月十日の夕刻再び深圳にやって来て、一ヶ月前と同じホテルにチェックインした。翌十一日（月曜日）午前九時少し前に宮城塑膠製品廠へ出向いていった。先に採用を決めてこの日より出社開始を指示してあった男女の二人がやってきていた。男は黒龍江省出身の丁有波、二十九歳、女の方は湖南省出身の趙妃芬、二十五歳である。

耕三がこれから立ち上げの準備をする「加宮模具製造廠」は加瀬精密金型がその株式の四分の三を、宮城塑膠が四分の一を所有する合弁会社である。工場用の建物はここの向西村が所有するもので、その一階部分の床面の整地、舗装工事を宮城塑膠の監督下で昨年暮れより進めてもらっていたのが、既に完了していた。

これから、一階部分に工作機械を設置していくことになるが、その前に配電盤室を作り、変電器を取り付け、電気配線工事を施し、後日コンプレッサーが設置された時点で工場内の各所で圧搾空気が使えるようにエアー配管工事を行い、水を使う場所への水道配管工事をし、走行クレーンを架設しなければならない。二階は事務所、設計室、会議室、倉庫などとするため、床、間仕切り、天井工事を施し、室内電気配線をし、冷房設備を整える。およそ以上が技術課長小山大輔が総経理として着任するまでに終えておくべき田村耕三の仕事であった。

この工事現場となる建物へは、まだ電気も電話線も引かれていない状態である。電気は直ぐ隣の建屋から延長コードを使って臨時に分け売りして貰っているが、ここでの作業に三十メートル離れた宮城塑膠加工廠（Miyagi Plastics Factory）の事務所に居を構えていては、不便で仕方がないと考え、田村耕三ら三名はここの二階を作業現場の事務所とすることにした。先ずは机と椅子が必要と考え、徒歩十分の距離にあるオフィス家具店へ赴き、机と椅子三組を買い、それらを送り届けさせた。そのついでに、更に五分ほど歩いた場所にあるデパートで、帳面、筆記具等の事務用品を購入した。工事を担当させる業者の選定、それらとの連絡等に、電話は必需品であるが、これも宮城塑膠の事務所の電話を使わせてもらっていたのでは、作業効率が悪い。そこで翌仕事開始二日目には携帯電話一台と職業別電話帳を購入した。

その日の昼、田村耕三は丁有波と趙妮芬を伴って彼の泊るKホテルのレストランへ戻り、三人で昼食を摂った。耕三の驕りであった。このとき耕三が当分の間はホテル住まいの予定であることを知った丁有波は、「田村さん、長期滞在の場合はホテルと交渉してホテル代を負けさすといいですよ」と進言した。それで二人してホテルのマネジャーと談判の結果、宿泊料を通常の宿泊料から十五パーセント値引きすると同時に、週一度果物の盛り合わせをサービスとしてつけて貰えることになった。また、ホテルの食堂、レストラン、娯楽場、床屋などを優待価格（八五折*）で利用できる貴賓卡（ＶＩＰカード）も発行して貰えた。

「ところで丁君、僕が日本からもってきたお金を銀行に預金しておきたいのですが、どこの銀行がいいですか？」

「日本円ですか？」

「いや、米ドルだけど」

「それじゃ、中国銀行がいいでしょう。外貨預金も取り扱っていますから」

ホテルを出て、徒歩数十歩のところにある中国銀行の窓口でパスポートを提示して、田村耕三名義の預金口座を開設してもらった。印鑑はもちろん不要で、署名だけで預金通帳を受け取るまでにものの三十分も掛からなかった。また、その場で登録した六桁の暗証番号を打ち込むだけで、その通帳でＡＴＭからの出し入れもできるようになった。

耕三はこれじゃ日本で日本人が銀行口座を開設するよりよっぽど簡単で、能率がいいなと感心した。日本の銀行では、今日でも口座を開設するには、印鑑と身分証明書（運転免許証あるは健康保険証または米穀通帳（?:））が必要で、預金通帳は預金者本人の住所に郵便されるから、使えるようになるまで数日かかる。

＊八五掛け、即ち十五パーセント引きのこと。

田村耕三の深圳での仕事初めから一週間後の一月十七日（日曜日）になって、太陽暦の正月明けからマレーシアの工場に滞在していた加瀬社長が、日本への帰途、深圳に立ち寄った。耕三は羅湖の入国口に社長を出迎え、海賓酒店へ送って行き、そのホテルにある日本食レストラン『八重』で社長と夕食を共にした。食事をおえたとき、耕三は加瀬社長から訊ねられた。

「どこか近くに飲むところがないの？」

「あると思います。ここの店長に聞いてみましょう」

耕三が席を立って、この店の日本人店長のところへ訊きにいった。ここの店長は、耕三よりは二つ、三つ年長と見えるスマートな男性で、確か名古屋の出身であるとか聞いていた。

「ちょっと教えてください。日本人がよく飲みにいくクラブが近くにありますか？」

「あります。あります。ちょっと待っていてください。ご案内しますから」

「いや、そんなにして貰わなくても、場所を教えて頂ければ、探して行けますから」

「いやいや、そうじゃありません。店のことは板前に頼んでおいて、わたしも遊びに行くつもりですから」

閉店時間までにはまだかなり時間があると思ったのだが、ここの店長、さっさと服を着替えている。「さあ、いきましょう」と、耕三たちの方が促されることになった。このとき案内されたクラブが《モナミ》であった。

日本食店の店長は常連らしく、彼が入って行くと同時にそこにいた数名の女の子が集まってきた。耕三と加瀬社長がボックス席に腰をおろすと、二人の女の子がやってきた。二人とも二十五歳前後に見えた。日本語の少しできる方が加瀬社長の相手をし、日本語ができない方が耕三の相手をした。

彼女は、中国語で自己紹介した。

「私は姓が李で名は婷といいます。婷婷（ティンティン）と呼んでください」

「それで君はどこの出身なの？」

「四川省。ここには私の他に四川省出身があと二人います」

李婷は耕三の問いに軽快に答えた。

歌をたくさん知っている加瀬社長は何度かマイクを握って唄い、歌の得意でない耕三は李婷と二度ほど踊り、あとはお喋りしていた。二時間ほどを過ごして港幣（ガンビィ）*千六百元を支払った。また、加瀬社長はテーブルについた女の子それぞれに百元のチップを渡した。彼女達にとっては百元のチップは大きかった筈だ。耕三ならば、多くてもせいぜい一人当たり五十元のチップに止めていた筈だ。

翌月曜日の夜は、宮城社長の案内で、耕三が滞在しているホテルの最上階にある夜総会（キャバレー）を覗きに入った。ここへ来る客のほとんどは地元の中国人か香港人のようであった。

---

* 香港ドルのことをこう呼び、当時人民元より一割ほど高く取引されていた。

一人五十元の入場料と飲料代に三人で三五〇元を払い、チップを三人で六百元払った。翌火曜の夜、二人は宮城社長に招待されて夕食を共にした。宮城塑膠の日本人社員二人（技術部長の後藤栄一と総務部長の佐々木浩二）も同席した。食事の後、今度は加瀬社長の誘いで、五人が連れ立って、加瀬社長と耕三が月曜日に遊んだ《モナミ》へ飲みに行った。この夜は二日前に開けたボトルからのウィスキーをオンザロックにして飲んだため、勘定時に払った金額は港幣千五百元（当時の換算レートで約二百米ドル、日本円換算では二万二千五百円）のみであった。

加瀬社長は翌水曜日に香港を発って日本に帰って行った。

この年の春節（旧暦一月一日）は太陽暦の二月十六日（火曜日）にあたっていたので、二月十三日（土曜日）から二月二十一日（日曜日）までを春節休暇とし、二月二十一日から出勤再開とした。その間、田村耕三も休暇をとって帰国していた。耕三は二月二十日に深圳に戻り、春節休みを除く、三月末まで長期契約のしてあるホテルにチェックインし、二十一日から、仕事を再開した。

耕三は、数社から見積りを提出させ、業者を選定し、工事を発注して行った。二階の間仕切り工事、床工事、水冷式冷房設備の設置工事などを、次々と進めて行った。

週末近くなると、会社で仕事をしている耕三のところへ《モナミ》のホステス李婷から何度か電話があった。《モナミ》へ遊びに来いとの誘いであった。

三月も終わりに近づくと、深圳ではもう春本番である。雨天が多くなり、湿度が高い。日によっては初夏のように暑くなる日もある。もっと気象学的に述べると、二十五日～三十一日の気温は最低で摂氏十七度、最高は三十度であった。湿度は七〇～九〇パーセントであった。

耕三は日本出国前にとった数次ビザで中国に滞在しているが、いずれ「外国人就業証」が必要になると考え、この方面に詳しい宮城塑膠の総務部主任柳嘉永に手続きについて教えを請いに行き、昼食を共にした。その時、柳氏からこんなアドバイスがあった。

「ホテル住まいでは費用が大変でしょう。ここの工業団地のすぐ隣で建設中だったマンションが完成して、入居する者が増えていますよ。あそこの一戸を借りたらいかがですか」

「そうですね。でもあれは分譲住宅ではなかったですか？」

「あそこのマンションを購入したのはほとんどが香港人です。投資目的です。買っておいて当面は貸し出して家賃を稼ぎ、値上がりした時点で転売することを考えているようです。興味がありましたら、管理事務所に聞いてみるといいですよ」

「そうですね。ホテル住まいは掃除はやってくれますし、洗濯物は一週間に一、二度袋に入れてメイドに渡せばやって貰えて、値段もそれほど高くないのですが、問題は食事ですねぇ」

「食事はどうされていますか？」

「朝食は、最初はホテルのレストランで食べていたのですが、最近では、セブン・イレブンや近くの店で簡単なもの、サンドイッチ、饅頭、カップラーメン等と飲み物を買って簡単に済ませています。昼が面倒ですね。後藤さんのように下宿で作ってくれるオバサンが欲しいですね。下宿したら自分で作れますがね」

「田村さんは独身ですから、やはり三包(サンパオ)の女性を雇うべきですすよ」

「例の、掃除、洗濯、それに〈夜のお勤め〉の三つお任せってやつですか。はッは！」

「まあ、それは冗談として、先刻お訊ねの外国人就業証のことですが、前にも説明しましたとおり、先ず深圳口岸(コウアン)医院へ行って健康診断をうけ、国境衛生検疫局から健康証明書を発行してもらう必要があります。特に予定がなければ、今日にも健康診断を受けにいきませんか？ご案内しますよ」

「ええ、何も予定が入っていませんから、連れて行ってもらえますか」

「健康診断にはエイズ検査が含まれますが、大丈夫でしょうね」

「さあ、エイズ検査は受けたことがないから……」

耕三にとって、エイズは百パーセントあり得ないと言い切ることが出来なかった。ここ数年間の独身生活の間は、かなり頻繁にいわゆる「風俗営業」と称される場所に出入りしたし、日本の台湾バーなどでもホステスを連れ出して、ラブホテルでチョイの間や泊りで遊んだことも何度もあったからだ。しかし、自分ではなんとなく、九十八パーセントくらい、いや九十五パーセントかな、は問題ないと考えていた。

二人は昼食を食べていた小吃店（シャオチディエン）を出て、タクシーを拾い、深圳口岸医院へ向かった。ここ宝安区から病院のある福田区に行くには区境に設けられた「検査站（ジエンチャジャン）」を通過しなければならない。深圳の特区内へ入る主要道路にはこうした検査站が設けられており、外部から中に入れるのは、外国人、深圳の住民、深圳に職を持つものに限られている。耕三のような外国人はパスポートを、また中国人は居住証或いは暫住証を提示して特区内に入る。検査站は、高速道路の料金徴収所のような造りになっていて、車は一旦停車し、ドアーのガラス窓を下ろして、車上の総てのものが証明書を見せる。バス等で入境する場合、乗客はすべて降車して検査站の建物内に入り、身分証検閲通路を通過して建物の反対側に至り、自分の乗っていたバスを探し出して、乗り込むという煩雑な手続きを踏まなければならない。時によっては、タクシーの乗客も一般客も、すべてが乗り物から降ろされ、ビル内の検閲通路を通過させられることがある。

経済特別区の深圳では、職を求めて農村地帯から都市部へと無闇矢鱈に押し寄せる流浪の民（中国では彼らのことを「呡流（マンリュウ）」と呼んでいる）の流入をこうして制限していたのである。もっとも五十元を支払うことにより一定期間滞在できる許可証を取得して入境することができるが、期限が過ぎると区外へ出て再度許可を取らなければならない。深圳で職を探そうとするものはこうした許可証を取得して入境するのである。

この日は運が悪く、おそらくは所長の虫の居所が悪かったのであろう、柳と耕三は一旦タクシーを降りて、建物内の人の列に並ばなければならなかった。建物に向かって歩いていて、耕三はここで勤務する衛兵と思われる男二人が、一人の若い女の腕をそれぞれが片方を掴み、地べたを引き摺りながら連れていくのを目撃した。女は靴が脱げてしまったのか裸足であった。風呂にも永く入っていなかったのだろう、泥だらけに見えた。どうもその若い女は検査站をすり抜けようとして見つかったものらしかった。男達は捕まった女が歩こうとしないものだから引き摺っていたのだろう。日本などでは全く見たこともない光景に、耕三は眼を円くした。

この日、深圳口岸病院で胸のレントゲンと医師による通常の身体検査と血液検査を受けた。数日後に判明した検査結果は、検査項目のすべてで、「正常」、あるいは「異常は見られず」であり、ＨＩＶ抗体、性病、ＨＶｓ抗体は陰性との健康証明書を受けとり、これにて無事「外国人就業証」が発行された。有効期間は一年間とあった。

深圳での工場立ち上げの工事は順調に進んでいた。ところが、耕三は、今までにも何度かあった失敗をやらかしてしまった。それについては、彼の四月三日（土曜日）の日記を引用することにしよう。

　まさかとおもったが、やっぱり。朝、ひげを剃り終え出かけようとしてズボンを穿き、財布がないのに気づく。ええっ、まさかそんなはずはないと思いつつ探したが…そう、無い。昨日、タクシーでホテルの前まで帰ったときはあったのだから金を払った後きちんとポケットにしまわないで、座席に置いたまま降りたに違いない。
幸い財布に入っていた金額は多くない。それでも日本円にして四万円程の損失。
香港のVISA SERVICE CENTERへ電話。日本人担当がいて、旧いカードを失効にして、新カードの発行手続きをとる。運転免許証はどうするか？

運転免許証を失くしたこと、更には服用している高血圧の薬が残り少なくなっていたので、一度日本に帰ることにし、耕三は四月十一日（日曜日）深圳を発ち、その日の香港発の飛行機で日本に帰ってきた。

四月二十日になって、いよいよ総経理として赴任することになった小山大輔課長と加瀬社長と耕三の三人連れで、東京を発ち、同日深圳に入った。

三人ともども、工場近くのホテルにチェックインした。耕三は加瀬社長がいる間にと思い、宮城塑膠の総務主任柳嘉栄に勧められていた工場傍のマンションの一戸（２ＤＫ）を、会社の寮として借りる件につき、社長の意向を打診した。社長の賛同を得られたものだから、直ぐにそのマンションの一戸を借りる契約を結び、それから一週間後には田村耕三と小山大輔の二人がホテルからこのマンションへ移って行ったのであった。小山大輔の入居はあくまで臨時のことで、彼は落ち着いた時点で家族を呼び寄せ、宮城塑膠の宮城董事長と同じように香港に居を構えることになっていた。

四月があわただしく過ぎ、五月に入って、日本で手配していた機械や機材が深圳へ到着し始めた。加瀬社長はゴールデン・ウィークの連休も深圳に滞在して、耕三や小山大輔への指示を出し、かつ作業を手伝っていた。随って、五月はほとんど毎夜のように加瀬社長、小山大輔、田村耕三の三人で食事をしている。中国人従業員も既に十名ばかり採用した。その中には、村の有力者から頼まれて、雇い入れた楊国雄もいる。四十歳を過ぎて失業していた男であるから、たいした仕事は出来ないとだろうと思われた。差し当たり雑用係にも相当する総務を担当させることにした。

第三章　西湖遊覧

田村耕三が余丹（ユィダン）に初めて遭ったのは、忘れもしない一九九九年五月十五日（土曜日）のことであった。加瀬社長に連れられて飲みに行ったクラブ《北極星》でのことである。その数日前、やはり出張で深圳へきていた某日系企業の社長に案内され、そこに遊んだ加瀬社長が、「あそこは美人が多いよ」と言っていたので、耕三はその夜の成果（?）に大いに期待していたのである。

その夜の一行は、加瀬社長、日本から加瀬社長に随行してきていた業務課長の佐竹、加宮模具製造廠の総経理小山大輔、それに田村耕三の四人であった。クラブの隣ビルにある日本料理店『恵比寿』で食事をし、逸る気持ちで、急ぎ、隣接するビルの最上階にあるクラブ《北極星》へ繰り込んだのは夜もまだ浅い八時直前のことであった。ドアーから中に通じる緋色の絨緞を張ったそれほど長くない通路を過ぎ、広間に出ると、片側に整列した一ダース余りのホステス嬢たちの口から一斉に、日本語による「イラッシャイマセ!」と「歓迎光臨（ファンイングアンリン）!」の黄色い声が上がった。

耕三の目はその瞬間に、素早くも、少し俯き加減の姿勢から上目遣いに、その日の一番乗りした彼らを見つめる、ひときわ容貌の整った一人の小姐(シャオジィエ)をとらえていた。耕三たちは入り口に近いテーブルに腰をおろした。四人は店のみんなから小妹(シャオメイ)と呼ばれる未成年の雑用係から受け取ったおしぼりをつかいながら、彼らをテーブルまで案内した日本語の出来るママさんを見上げて、彼女の次の言葉を待った。

ここのママさんは中々の美人である。背が高く(一メートル六十はあるだろう)、体型はやや痩せ型、というか太り過ぎにならないよう十分に気をつけているに違いない。年のころは、三十ばかりと見える女性であった。ここは中国深圳のことであるから、美人と謂える女の容貌の水準は、当然日本とは比較にならないほど高い。少なくとも、何事につけ中国贔屓の耕三はそう信じている。立派な美人のママさんが、「女の子、自分で選んでください」と言う。その声を聴くが早いか、耕三は待ってましたとばかりに、あの少し上目遣いに彼らを注視していた小姐を指名した。同行した他の者に先を越されることを懼れたからだった。クラブでは最初の日が肝心で、躊躇は禁物であることを十分承知していた。美人の多い中国ではあるが、誰もが美人の中の美人を狙っているのであるし、美人には固定客がすぐできてしまうものだから、チャンスはやはり稀少で、逃がす訳にはいかない。このようにして耕三についた小姐が余丹だった。

彼女は日本語が全く出来なかった。だが、これは耕三にとっては却って好都合であった。その昔、外語大の中国語科で学んだ学歴を持つ彼にとって中国語での日常会話には不自由しなかったからである。クラブには片言の日本語ができる女の子もかなりいたが、そうした子はクラブ勤めが長い子で、すでに決まった日本人客をもっている場合が多いのだ。余丹は日系クラブに勤め始めてまだ日が浅いらしい。

加瀬社長についた女性はおっとりした、やや痩せ型の女である。二十六、七だろうか、かなり日本語が話せる。彼女は加瀬社長の好みのタイプらしく、社長は満足そうであった。

一方、耕三は余丹にほとんど酔っていた。耕三の右隣に座った余丹は彼女の左掌を軽く耕三の膝に置いていた。耕三はその感触が堪らなく心地よかったのである。彼は時折グラスを口に運び、中身を舐める程度に飲んでいた。酒に弱いわけではなかったが、飲み過ぎを警戒していた。若かりし頃は、会社の宴会などで、かなりの量を飲んだことも時折はあったが、酔いつぶれるということはほとんどなかった。体質的には飲めない訳ではなかったが、それでも二日酔いの辛さを知っていたし、飲みすぎが身体によくないことも、年の功で知っていた。

その夜は加瀬社長がブランデーを一本注文し、四人で水割りして飲んでいたが、午前零時近くなったときには、ボトルの中身は八割方なくなっていた。加瀬社長と業務課長は翌朝早く、深圳を発つことになっていたので、これくらいが潮時と勘定をすませ、テーブルに就いた女の子たちには社長からそれぞれに百元（千五百円ほど）のチップを渡した。耕三は、余丹に、社長からとは別に更に百元をこっそり手渡すことを忘れなかった。彼は近いうちにまた《北極星》に来るつもりでいた。

加瀬社長が日本へ発った日の翌日、耕三は張建民から電話を受け取った。その日の待ち合わせ時刻の再確認の電話であった。張氏は香港人であるが、香港人の多くがそうであるように、深圳の工場に勤めていた。耕三が張氏に出会ったのは、彼が大下金型工業に勤めていたときのことである。二年半ばかり前のこと、大下金型工業が日本のメーカーに納入した金型が香港経由で深圳の西隣の東莞へ送られたことがあった。その金型が現地に到着したばかりの時になって、製品の設計変更が理由で、金型に改造を加える必要が生じたのだった。メーカー（顧客）では、大下金型の現地での出張対応を要請してきたのだが、大型金型とあって、クレーンや大型工作機械の必要から、やはり金型工場でしか対応できないと判断し、香港系の金型メーカーに改造を依頼することになった。この時、大下金型の当該金型設計を担当した者と田村耕三の二人が打ち合わせのため、香港の金型メーカーに出向いたのであった。その時に、香港メーカー側で改造を担当したのが張健民だった。その改造のため、田村耕三たちは一週間も滞在したのだった。最初の二日間は香港で打ち合わせ、更に船に乗って珠江を遡って東莞に入り、そこで五日間滞在した。

ここ二年程は連絡をとったことがなかったのだが、先日、耕三はふと思い出して香港の張建民が働いていた工場へ電話をしてみたのだった。そして、彼も今では香港工場勤めではなく、深圳工場勤めになっていることを知った。それで一度会おうということになり、二人で夕食を食べる約束をしていた。加瀬社長が日本へ帰った翌日がその約束の日になっていた。落ち合う場所は海賓酒店の一階ロビー、時間は午後六時半と決めてあった。

夕方から雨が降り出していた。耕三は会社が寮として借りているアパートを出て、日本から持ってきた軽い折りたたみ傘をさし、タクシーを捉まえるために、表通りまで歩いていった。傘が小さくて、ズボンの裾が濡れるが、さほど気にならなかった。気温が二十六℃くらいだろうか、かなり暖かかったからだ。深圳の五月はもう真夏である。実は四月から気温は二十五℃を越え、三十℃近くまで昇ることもあった。それが五月に入ると逆に少し涼しくなる。一つには体が暑さに慣れてきて、それほど暑く感じなくなることもあるが、五月に入ると雨が多くなり、若干日本の梅雨に似た気候になるからである。

通りがかりのタクシーに乗り込み、海賓酒店へ向かった。深圳に来てから既に半年、耕三にとっては見慣れた道であった。

耕三が海賓酒店の前でタクシーを降りたときは、約束の時間まではまだよほど時間があった。ロビーに置かれたソファに腰をおろし、ホテルを出入りする人々を見るともなく眺めていた。このホテルは中国でいうところの四つ星クラスのホテルであるが、香港人と日本人の利用者が多い。夕刻になると現地の若い女性の出入りが盛んになる。宿泊客と約束のあるクラブ勤めの女たちである。ロビーで約束のある男性客を待っている女もいれば、或いはエレベーターで降りてきた宿泊客と一緒に出て行く女もいる。夕食を共にするのである。

六時半、時間通り、張氏がホテルの回転ドアーを押して入ってきた。張氏は年齢四十歳前後、背丈は耕三とほぼ同じで、一メートル七十弱。運動不足で少し太り気味である。

「你好」

「你好、好久不见了（久し振りですね）」

耕三と張氏は普通話（北京語）で話をする。耕三が広東語を解さないからであるが、張氏は普通話にも堪能である。深圳の工場で日常的に使っている言葉が普通話なのである。二百名近くいる工員は、すべて中国本土の人達で、彼らの圧倒的多数は広東語を話さないからだ。香港企業でありながら、香港人は社長と十人足らずの幹部社員だけである。張氏は金型部門の長である。

「何をたべようか？　今日は僕がおごりますから」と張氏。

「このホテルの三階に広東料理店があるから、そこにしましょうか」

耕三の提案で広東料理をたべることになった。

二人は食事中に、お互いの近況報告をする。

「ところで、今は何処に住んでいるの？　香港？　それとも深圳？」

「最近、香港のアパートは人に貸して、俺らは深圳にアパートをかりて住んでいるんですよ。会社の王さん、知っているでしょう成型担当の王さん。あの人が投資のつもりで買ったアパートで、部屋が二つにリビングがあるのを、月二千五百元で借りられたから。香港の自分のアパートは小さいけど、五千元で貸しているんですよ。だから月二千五百香港ドル浮きます」

一九九九年当時の香港ドルは一五倍するとほぼ日本円に等しかった。従がって、張氏が浮くといった二千五百香港ドルは約三万七千五百円になる。

「赤ちゃん大きくなったでしょうね」

「ええ、もう歩けるんですよ」

日本で耕三が張氏の結婚のことを聞いたときから、既に二年が経過していた。

張氏は三十八歳になって、二十二歳の女性と結婚したのである。四川省出身の女性と聞いていたが、耕三はまだ一度も張氏の奥さんの顔写真すら見たことがなかった。張氏は金型部門の長である。部長といっても、それほどえらい訳ではない。他の社員のほとんどが給料の安い中国大陸人であるから、部長職にあるが、香港のサラリーマンの平均的給与を貰っているに過ぎない。日本円にして月額四十万円程度らしい。だが、この金額は中国本土の人達の月給と比較すると、とてつもない高給取りということになる。この所得差があって、彼は初めて結婚できたのだ。彼が香港にずっといて、香港人の結婚相手を見つけるとなると、容易ではなかったろう。だから、三十八までも独身でいたのである。

彼は男振りが悪いわけではないのだが、彼が青春を生きた時代の香港は経済発展がめざましく、女性の所得も高く、中規模金型工場に勤める彼の結婚相手としての条件はさほど魅力あるものではなかったからだ。

食事が終わって、張建民が勘定をすませると、耕三は、「一杯やっていこうよ。今度は僕が奢るから」と、張を誘って《北極星》へ連れていった。《北極星》の入口までやってくると、例のとおり大声で「イラッシャイマセ！」の合唱があった。耕三はここですぐに入ることはせず、先ず余丹を入口まで呼び出した。こうすることにより、耕三と張は、店から彼女の今夜の客とみなされ、彼女は点数を稼げるのである。

戸口まで出てきた余丹は耕三を認めると、すぐに笑みをうかべた。彼女の服装は前夜とは異なっていた。一日前は緑と藍色を基調とするプリント模様のロングドレスを着ていたが、今日は白のブラウスに黒のラシャで裁ったミニスカートを穿いていた。形のよい長い両脚は、膝上の内側の線が一度かすかに内側にきれ、十センチばかり上がったところで膨らみに転じ、その更に上は暗い闇の中に消え入っている。

余丹は二人を店の一番奥まった、比較的に静かなテーブルに案内した。その夜、彼女を指名した客は彼の他にいなかったから、彼女は耕三の横に、張建民に向かい合う格好で腰を下ろした。

どこへ行ってもそうであるが、深圳のクラブでもカラオケが中心になっている。そこで余丹は歌の選曲本をもってきて、耕三と張に何か歌いなさいと勧めるのであるが、耕三は歌をほとんど知らないし、歌うのが苦手である。

「君が歌って聴かせてくれよ」と逆に余丹に歌うよう求めた。彼女は日系のクラブに勤めて間もないから、日本語の歌は歌えないが、中国語でよかったらと、テレサ・テンの歌の予約を入れ、自分の番がくると、中国語でうたった。張建民が広東語の歌をうたった。張が唄うのを初めて聴いた耕三は、その上手なことに感心した。広東語独特のキン・コン・カンと聴こえるような鼻に抜ける広東語独特の響きが何ともいえない。

二人が歌い終わったところで、耕三は余丹に訊ねた。

「ところで君は何処の出身？」

国土の広い中国ではこうした質問が日常的に交わされるのである。

「浙江省。杭州よ」

「道理で、杭州は美人の産地で有名だったよね。もう六年くらい前のことになるが、杭州出身の女の子と知り合いになったことがあるが、その子も大変美人だった」

「杭州へは行ったことがありますか？　杭州の西湖は美しいことで有名よ」

「まだ杭州は行ったことがないんだよ。ところで恵州にも西湖があるよね。張さん、行ったことがある？」

耕三は最近とある雑誌で、広東省の恵州にも西湖があることを知り、一度行ってみたいと思っていたのと、張氏の勤める工場が恵州に割と近いところにあることを知っていたので、張氏に訊ねたのであった。

「行ったことがありますよ。深圳から一時間余りです」

「行ってみたいなぁ。恵州とはどんなところですか？」

「あそこは少し治安が悪いから、気をつけたほうがいいですよ」

張建民は、余丹を目と顎で指して言った。

「彼女に一緒に行って貰えばいいでしょう」

耕三としては実はそうしたいと考えていたのであるが、昨日出遭ったばかりの彼女に、それを切り出すのは、少し早すぎると思っていたところであった。まだ、自分は彼女を誘いだすほどの馴染み客ではないと思っていたのである。ところが上手い具合に張建民が提案してくれ、そして彼女も不承諾ではないらしかった。早速、次の日曜日に恵州行を決行することに話が決まったのだった。


二日後の日曜日は、真夏を思わせる陽気となった。耕三はカメラを提げ、待ち合わせ場所に選んだＫホテルのロビーに約束の三十分前である十一時半に着いた。このホテルは二階がロビーになっていた。エスカレーターにて二階に達し、回転ドアーを抜け、ロビーに着いたが、もちろん余丹はまだ来ていなかった。耕三は十五分ばかり、ロビーのソファに腰をおろしていたが、彼女がタクシーを降りるのを待ち受けようと、一階へ降りていった。

大きなホテルではないが、日曜日でもあり、暇人の多い中国のことであるから、ホテルの前にて人を待つ者、ただ何の用もなく屯している連中など、かなりの数の人々がホテルの入口に、あるいは佇み、あるいは階段際の石畳に腰をおろしていた。耕三も日向を避けて石畳の縁に腰掛け、煙草に火をつけた。ホテルへ到着するタクシーはその前で客を降ろすから、ここだと見逃す心配がない。やがて正午になったが、余丹は現われなかった。待つほどに十五分が過ぎ、三十分が過ぎたが、彼女はまだ到着しない。彼女の住いからここまではタクシーに乗ると、二十分から三十分でくる。耕三はふと気がつき、もしかすると、見逃さないつもりが、見逃していたかもしれないと考え二階のロビーへ引き返した。しかし、何処にも余丹の姿は見当たらなかった。時計を見ると十二時四十分になっていた。彼が約束の時間を十二時としたのは、ホテルで一緒に食事をし、それから恵州に向かうつもりだったからだ。途中、事故などで道路が渋滞することがあっても、一時間もかかることは先ず考えられない。彼はまた一階玄関わきまで下りていった。ちょうどその時、爆竹の派手に弾ける音が、ホテル前の路上で響き渡った。一回で終ることなく、続いてもう一回、更にまた一回と爆竹音が立て続けに鳴り響き、煙が棚引いた。結婚式を終えたばかりのカップルが車に乗り込むところであった。新婚夫婦の車がたくさんの空き缶を曳きずりながら走り去った後、耕三は更に十五分ばかり待った。もう一時を過ぎている。そこへ、今度は一台のワゴン車がやってきて、ホテルの隣りの銀行の前に停車し、数人の者が降り立つのが見えた。その中の二人は自動小銃を提げていた。武装警官らしかった。彼ら二名は銀行の入口の右と左に分かれて位置についた。いずれの男も銃口を斜め下に向けているが、不審者が近づけば直ちに発砲するぞとの一種の殺気のようなものが、十メートルほど離れて腰を降ろした耕三のところまで伝わってきた。銀行からの現金運び出し作業の警備に当たっているのだ。日本ならば、せいぜい棍棒をもった警備会社の社員二人ほどが付き添うくらいのものであろう。

時計をみると一時十五分であった。約束の時間から一時間以上経過している。余丹は来ないようだ。二十三歳の美女が五十八歳の男にクラブ以外の場所で逢う筈がないではないか。耕三は諦めて、いつもの通り自分独りで食事をとることにした。

ロビーのある階の一隅に洋式のレストランがある。中国風洋式で、メニューは限られている。耕三はサンドイッチとコーヒーを注文した。彼のほかには二人連れが一組いるだけだった。注文の品が出てきて、半分くらい食べたときのことだった。彼がふと顔をおこしたときに、レストランの前を、半ば覗くような格好で、小走りに通り過ぎる一八、九とおぼしき可愛らしい少女があった。短い踊り子風のスカート――あのドガの踊り子たちが穿いているような――を着けていた。一瞬の間に走り去ったその少女の容貌が余丹に似ているように思えた。あんな可愛い子がこんなホテルにも出入りしているのだと思うと、耕三はやはり中国は凄いなと思った。五千年の歴史をもつ中国にして、初めて誇れる美女の数の多さである。

それから五分も経たないころであった。先刻の踊り子風の少女がまたレストランの入り口に姿を見せ、中を窺ったのである。少女は、覗き込むような姿勢で耕三を見、そしてレストランの中へ入ってきた。余丹であった。耕三のそばに来るなり、微笑みながら言った。

「どうしてこんな処に隠れているのよ！」

遅刻した彼女はホテルの中を捜し回っていたのだと言う。耕三の向かいに腰を下ろした余丹の前へウェイトレスが水をもってやってきた。耕三が何か食べ物を注文するよう促すと、彼女は何も食べたくないと言って、コーヒーを注文した。

耕三は最近までこのホテルに三ヵ月滞在していた。その間、彼は二日に一度はこのレストランで食事をしていた。だから、四、五人いるウェイトレスとはすべて顔見知りで、時折は雑談も交わすようになっていた。そうしたウェイトレスに対し、いつもは独りで食事する耕三だが、自分には今日は連れがあり、それもこれだけの若い美人と一緒である。なんだか鼻が高くなったような気分であった。

レストランを出て、ホテルの前でタクシーを捕まえ、恵州へ向かった。恵州は深圳からは北西の方角にあたる。二人を乗せた車はほぼ一直線のかなり良い道をまっしぐらに走る。耕三と余丹は後部座席に並んで腰をかけている。

耕三は隣に座った彼女の穿いているミニスカートが気になる。このスカートが踊り子の衣装のように見えたのは、裾の周りを幅五センチメートルばかりの紗で縁取りがしてあったからだ。その縁取りの先と薄絹を透かして見える余丹の乳白色の腿(もも)は眩しいばかりに美しかった。

彼女は車が出発してからかなりの時間が経過したにもかかわらず、まだ運転手と値段の交渉をしている。この地では誰もがタクシー運転手と運賃交渉をする。特に女は容易に退かない。

値引きに応じない年若い男の運転手に、余丹は罵声を浴びせはじめた。車が汚いの、嫌なにおいがするのと文句を並べたてている。耕三は帰りもこの車を利用するからと言って、往復二時間余りの旅程になるタクシー代として、二百元（約二千八百円）で交渉にけりをつけた。

道路が空いているから、運転手は猛スピードで飛ばす。車の振動が激しくなると、余丹が車酔いで、吐き気を催しはじめた。乗り物酔いは、精神的な動揺から、呼吸が乱れ、酸素を十分に吸い込まなくなることで引き起こされる。耕三はもう二十数年前に、あるアメリカ人からそう教えられた。そのアメリカ人は、兵役にて海軍にいたときに、練習中の事故で、浮き袋一つに縋り二十四時間太平洋上を漂ったことがあったそうだが、乗り物酔いの理屈を弁えていたから、普通に呼吸することで、高浪の中でも気分が悪くなることはなかった、と耕三に語った。

窓を開け、空気を入れようとする余丹に、耕三は深呼吸するよう勧め、俯き加減でいる彼女の背の後ろから、両手で彼女の両肩を掴み、胸が開くよう反らさせた。彼女の肩と肩甲骨のあたりは柔らかくて、意外と脂肪が少なかった。

余丹は恵州に着くまでに二度ほど酷い吐き気に襲われ、ビニール袋の中に唾をたらしていた。耕三は運転手に少しスピードを落とすよう要請したが、彼は聞き入れようとはせず、相変わらずのスピードで疾駆した。

車が西湖の入り口に停まり、冷房のある車から外に降り立つと、雲ひとつない天空から灼熱の陽光が二人の頭上に容赦なくふり注いだ。全く、真夏の昼下がりの太陽のもとに放り出されたと同然だった。耕三は入り口の傍にあるただ一軒の売店で日傘を一本余丹のために買い求めた。入り口で一人二元の入場料を支払って西湖公園内へ入った。

かなりの面積をもつ平地の中の湖である。湖の後方には低い山がみられるが、高い山はない。湖の中に一本の道が延び、小さな湖と大きな湖に区切っている。二人はこの道をゆっくり歩いて行ったが、それだけで汗が滴るほどであった。中の島とおぼしき場所に着くと、太陽をさけて、木陰になった水辺の小径を辿った。湖中へ突き出すように建てられた亭(ちん)へ渡る橋のたもとへくると、耕三は提げてきたカメラを構えた。すると、余丹は「私がシャッターを押しましょう」と言って、耕三を木の傍に立たせ、湖面と亭をバックに入れてシャッターを切った。耕三は替わって余丹を同じ場所に立たせ写真を撮った。彼女はこの日の盛夏のような天気を予想していたと見えて、サングラスを持参していた。そして陽のあたる場所でポーズをとるときには、それを掛けた。

園内にも数軒の売店があり、土産物などを売っていた。お化け屋敷を見つけて、その中で涼をとろうと、入場料を払って入った。日曜ではあったが、入館者は少なかった。行楽シーズンが終っていたからであろう。二人は小一時間園内にいただけで、帰ることにした。この日は海水浴なら絶好であっただろうが、湖畔の散策には少し暑すぎた。入園前に十五元(二百十円相当)で買った日傘はもう毀れていた。待たせてあった車に戻り、一時間前に一時間あまり掛けてやって来た途(みち)を、引き返えすことになる。

復路の車の中で、余丹はクラブの日本人客と彼らがくれるチップのことについて耕三に語った。彼女は《北極星》に勤め初めて二ヶ月しか経たないが、先月は店（クラブのことをこう呼んでいる）の中で、彼女の貰ったチップが誰よりも多かった。二人ほど彼女を指名してくれる客があって、その内の一人は一夜に千元のチップをくれたこともあると言う。それを聞いた耕三は、今日はこうして半日付き合ってもらったのだから、チップを奮発しなければならないと考えた。また一方では、先日張建民の「大陸の女にはあまり金をやらない方がいいよ」との忠告も思い出していた。耕三は迷ったあげく、別れ際に五百元を小費（お小遣い）だと言って、余丹の掌に握らせた。耕三はこの時すでに彼女のもつ魅力の虜になり、彼女の仕掛けた罠に陥りはじめていたのだろうか？

耕三の担当していた工場立ち上げの作業は順調に進み、ほぼ終わったと言える段階に来ていた。これからは丁有波に金型の営業について、勘所を教えることが彼の主たる仕事になると思われた。現場での技術指導、管理は小山大輔総経理に任せておけばほぼ間違いなく軌道に乗るはずである。小山が赴任してから一ヶ月、間もなく開業できるまでに整備された。実際ちょっとした直しの仕事などもすでに引き受けていた。

そこで、耕三は一度日本へ帰ることになった。社長と打ち合わせをすべき事項もあったからだ。日本の本社で二週間を過ごし、間もなく関東地方も梅雨があけるだろうと思われる七月十二日、耕三は再度深圳入りした。その日の朝は五時起きして成田へいった。深圳についたのは、現地時間の三時過ぎてあった。海賓酒店にチェックインすると、すぐに一風呂浴びてからそのホテル内の日本料理店『八重』で夕食を済ませた。それからクラブ《北極星》へ行った。一ヶ月半ぶりで、また余丹に会うことができた。

耕三は、恵州の西湖へ行って以来、次は是非とも杭州の西湖を訪れたいと考えていた。そして、実際、恵州の西湖から宿舎に戻った日の耕三の日記には、「次は本物の西湖を見なければ……」と記されている。ただ、一人で行ってもつまらないし、杭州は余丹の故郷でもあるのだから、断然彼女と一緒に行くべきだと考えていた。そこで耕三は早速その件を切り出した。

「今度は君の故郷の杭州へ本物の西湖を見に行こうと思うのだけど、案内してもらえるかね」

「いいわよ、ついでに父に会ってきてもいいし」

「お母さんは？」

「私の母は、私が七つの時に死んだの」

「じゃあ、お父さんは一人で住んでいるの？」

「再婚しているわ。わたしの義理の母になる女とその連れ娘の三人暮らし」

「ところで君のお父さんは幾つなの」

「五十二よ」

（そうか、彼女の父親は俺より六つも若いのか。でも、まあそんな年だろうな。要は自分が年をとったってことよ）と、ここで耕三は嘆息した。

「お父さんはどんな仕事をしているの」

「国営の会社に勤めているけど、お給料が安いから……」

「ところで、旅行のことだけど、二泊、三日として、今度の土曜日（七月十七日）に発ち、月曜日に深圳へ戻ってくることにしたいけど、どうだろうね」

「この店では、週末は書き入れ時だから、休めないことになっているけど、構わないわ」

こうして杭州行きが決まった翌日、耕三は旅行代理店で、深圳—杭州間の飛行機の運航状況を調べた。一日二往復の便があることが判った。土曜日の午後三時に深圳を発ち、月曜日の五時四十五分杭州発の便でもどる往復航空券を二組購入した。一人につき往復で二千二十元（約二万八千円）であった。

杭州行きの当日、耕三と余丹はタクシーで深圳国際机場（空港）へ行った。市内から空港までの所要時間は四十分ほどである。タクシー代は百五十元（二千百円相当）であった。中国のタクシー代は日本の五分の一程度と安い。空港ではエアーポート・タックスに相当する「民航机場管理建設費」として、五十元が徴収された。

杭州空港には五時頃に到着した。杭州は曇り空であった。耕三が空港の待合室の売店で地図を買い求めている間に、余丹は近づいてきた客引きから西湖のホテルの事情を聴取していた。その男の勧めるホテルに泊まるなら、ホテルまでは無料で送る。そこでホテルが気に入らなければタクシー料金を払ってくれれば良いというので、とにかくその車で湖畔のホテルまで行った。西湖の南西の角に近い海華大酒店とよぶホテルであった。湖までは徒歩一分足らずと観光の便も良く、ホテルそのものは小奇麗であるし、団体客などもいないから、落ち着いた雰囲気は悪くないと思えた。宿泊料金は一部屋一泊六百元だという。余丹がここでどうかと訊ね、耕三が承諾すると、彼女はさっさと二部屋申し込んだ。この時まで耕三は、あり得ないことと悟りながらも、もしかして、余丹が彼と相部屋でも良いと言うかどうか、一抹の期待と謂うか興味を持っていた。何故ならば、ここでの二泊の宿泊料金は工場で働く女工の初任給に相当するからだった。だから、それを払うのは彼女でなくて、外国人の耕三であっても、それを惜しむ気持ちが働きはしないかと考えたのだったが、耕三の考えは甘かったようだ。

二人の部屋は隣り合わせで、各部屋にベッドが二つあるかなり大きな部屋であった。中も清潔であった。手荷物を下ろし、先ずは何よりも夕食にしようと、ホテルの中を見て歩いた。広東料理を供すらしい中華料理店が二階にあった。このホテルではロビーの天井が二階をつき抜け、三階に達しており、二階は周囲が一階ロビーを見下ろす幅の広いベランダのような具合になっていた。その二階の中央からは螺旋状の階段がロビーへと降りている。この広々として気持ちのよいレストランで広東料理を食べることに決めた。

食事中余丹は饒舌だった。彼女の身の上話、特に深圳へ出てからの事を耕三に語って聞かせた。過去に彼女に求婚した男が二人いたと言う。一人はシンガポール人で、もう一人は香港人であったそうであるが、その当時はまだ若かったので、結婚なんて考えられなかった。シンガポールの男は金持ちで、彼女に二十万元（二百八十万円相当）の金をくれたし、中華料理店を開く資金も出してくれた。その中華料理店は、開店当初は順調で繁盛したが、店の面積が小さすぎて、宴会などの客が取れなかったため、半年で行き詰まった。香港の男は金持ちではなかったが、やはり彼女にそうとう貢いでくれたそうだ。ところが、「あ（ぶ）く銭身につかず」でそれらの金は悪友の誘いに乗せられてやった先物取引であっという間にすってしまった。

彼女は食事の間、ずっとこんな風に耕三に話しかけていた。食事を終えて、夜はまだ浅いから湖畔を散歩するため二人は外に出た。

ホテルのすぐ右側に大きな通りが十字に交差している。その大通りを越えると、湖の北東角にいたる。湖畔に沿って植わった樹木の間を縫うように散策のための小径が西と南の二方向に延びている。二人は南に歩いてみることにした。すでに日はすっかり暮れていたが、小径は夜の遊歩者のために電灯によって照らされている。ところどころに、緑色のフットライトが配置されていて、樹木の青葉をいやが上にも濃い藍色に染めて、いささか薄気味の悪い雰囲気が作り出されている。日が暮れたとはいえ、夏のことであるから、遊歩道を散策するグループやカップルがかなりある。だが、これがもう少し夜更けで、一人で歩くとしたら、この緑の灯りでは、さぞ落ち着かないだろう。中国の観光地や公園は、緑のあるところ何処も、緑のフットライトが設置されている。これは何だか自然の樹木を人工物のように見せて、いただけない趣向である。

右側の湖面は黒く闇に没していた。耕三と余丹は樹間の小径を一キロメートルばかり歩いたところで、散歩道を離れ、大通りをわたり、商店の並んだ側へ移動した。みやげ物屋を二、三覗いていると、雨が降ってきた。そこで近くではあるが、タクシーを拾い、ホテルに戻った。

ホテルの地下にマッサージ室があるのに気付き、耕三は余丹に提案した。

「按摩(アンモウ)をやってもらおうか」

「好啊(ハオア)、わたしも按摩を受けるのは大好きよ」

二人はエレベーターに乗り、地下へ降りていった。薄暗いマッサージ室には、うつ伏せになると鼻を出すことのできる穴の開いたマッサージ台が五台ばかり並んでいた。二人は隣り合ったマッサージ台に並んで臥せった。按摩はいずれも二十代の女性であった。余丹を担当した女性が、「綺麗な脚ね」と感心したように言う。それを聴いて、耕三はまるで自分が誉められたように嬉しく感じた。耕三は彼女達の収入が気になり、「あなたたち月にどれくらい稼ぐの？」と訊いた。

「店からもらう固定給はしれているけど、お客さんからのチップが一回五十元はもらえるので、月に二千元から二千五百元にはなるわ」と耕三を担当した女が言う。深圳の若い女性の平均月収が千元程度であるのを知っている耕三は、彼女の言った稼ぎの多さはいささか信じがたく思われた。

「で、住まいは？　寮に住んでいるの？」

「いえ、近くにアパートを借りて住んでいます」

これを聞いて少し納得した。深圳などでは、出稼ぎの独身者には大概独身寮を準備していて、無料あるいは低料金で入寮できるところが多いからだ。それにしても、チップが五十元とは、大きく出たものだと耕三は思ったが、こうしたホテルではあり得ることかなとも思った。

サービス精神は旺盛であるようだ。気がつくと、耕三の按摩嬢は、先刻からいやに念入りに股の内側の局所付近を揉んでいる。隣に美人の余丹が並んで横たわり、自分と一緒に按摩を受けていることが、耕三の脳への性的刺激を強める作用を持つのか、局所が独りでに起き上がってくる。按摩嬢の手首が自然に局部に触れるが、彼女は平気でその近くを揉む。そうか、これでチップを稼ぐのだなと理解した。

按摩を終え、エレベーターで三階の部屋に戻ったのは十時ころであった。夜の勤めで、明け方近くなって眠る習慣のついている余丹は、すぐには眠れないだろう、と耕三は気を遣い、彼女に彼の部屋に来て、話ししていくよう勧めた。部屋の中に一個だけあったアーム・チェアーに座るよう彼女に勧め、耕三自身はベッドの端に腰かけ、彼女が一番の関心事である筈のチップを早めに渡しておこうと考えた。今回の旅行は二泊三日であるから、一日一万円相当として三万円、即ち二千元を彼女に渡した。

「謝謝（シェシェ）、これでパパにお小遣いを送って上げられるわ」

「そういえば、お父さんの処へ寄って行くといっていたね。明日にも、行ってきてもいいよ」

「今回はよします。車で一時間もかかるところだから。ちょっと電話を借りて、ここからパパに電話してもいいですか」

余丹は耕三の部屋から彼女の父に電話を入れた。彼女が「パパー」と呼びかけて話す言葉は、この「パパー」以外は耕三には全くのチンプンカンプンであった。それはあたかもベトナム語か何かのように聴こえた。耕三は、彼が傍にいることで、彼女は方言を使うのが気恥ずかしくて、すこし吃もり気味になっているのかと思ったのだが、彼女は最後までそんな調子で話を続けた。

電話が終わって、耕三が「君の田舎の言葉は全くわからないな。上海語と似ているの？」と訊ねると、「上海語とも違うし、この杭州あたりとも少しちがうの」とのことだった。

お喋りをしている内に夜中の十二時になっていた。余丹を隣の部屋に返し、耕三は寝ることにした。

翌朝、耕三が目を覚ましたのは八時頃であった。窓から外をみると、まだ小雨が降っていた。九時になって、余丹から耕三の部屋に「もう起きていますか？」と電話があった。ホテルの前夜と同じレストランで飲茶式の朝食を取り、三十分後に西湖の観光に出かけることに決め、一旦部屋にもどった。時間になり耕三がロビーに下りていくと、続いて余丹も下りてきた。

耕三が濃いカーキ色のポロシャツに着替えているのを見て、彼女は耕三が若見えするといって笑った。このシャツは十年程も前に買ったものであったが、耕三は気に入っていた。彼は比較的に色白であったから、明るい色の衣服が似合った。また、深圳にいるときは、そこが亜熱帯であり、更には自身が外国人であることを考慮して、故意に淡色の目立たない服装――香港シャツにノーネクタイで上着は背広ではなくジャンパーを着用――に心がけていたから、耕三のこの日の派手なシャツは彼女の注目するところとなったのだった。耕三は本来はかなりおしゃれで、日本あっては背広も吊るしでなく仕立てたものを着用してきていた。

雨は止んでいたが、雲行きがまだかなり怪しかった。そこで耕三は日本から持参の折りたたみ傘を携え、余丹はホテル入り口に備え付けの透明ビニール傘を借りてホテルを出た。交差点を越え、西湖の畔に出ると、前夜の散歩とは反対に、西にむかって歩くことにした。少し行くと、唐の時代にこの地の役人であった白楽天（八二二年、五一歳の時に杭州の刺吏となって長安から赴任した）が築かせたという「白堤」を三々五々歩む観光客の姿が眺められた。

二人もその堤を歩もうとそちらに向かっていると、一人の五十歳ばかりのおばさんが近づいてきて、観光バスに割安で乗らないか、バスは今出たばかりで、それに追いつけば、割安で乗れるという。何れにしろ、歩きだけでは観光できないのだからと、この話にのることにした。おばさんは早速タクシーを捉まえ、二人を乗せると、自分も運転手の横に乗り込み、運転手には「岳王廟（ユエワンミャオ）」と行先を指示した。車が動き出すと同時に、おばさん自身がガイド口調でペラペラと口上を述べ始めたから、耕三と余丹は少し面食らって、お互い顔を見合わせたが、タクシーはすぐに岳王廟に着いた。追いつく筈のバスなど何処にも見当たらない。今やガイドに変身したおばさんは、二人を岳王廟の入り口に連れて行き、入場券の半券を切り取っている者に、何か一言告げたと思うと、入場券なしで二人をつれて中に入った。どうもこのおばさんの鼻薬が効いているらしかった。

岳王廟は岳飛の墓のあるところらしい。耕三は岳飛という名には覚えがあったが、いつの時代の何をした人物であったかは憶えていなかった。ガイドのおばさんが説明してくれたが、耕三はその解説の中国語の半分も解さなかった。そして最後のところで岳飛の墓をみた。墓への上り口、墓とは正反対の位置にある檻の中には鎖で戒められ跪く秦檜夫妻の鉄像があった。

秦檜は南宋の宰相として、金との和平工作を進めたとき、これに反対する武将岳飛を謀反のかどで讒し、獄死させた。後世において、秦檜は私利のために屈辱的な和平を取り決めた奸臣とみなされ、一方岳飛こそは忠君愛国の人であったとして、このように廟まで建てられるに至ったということだそうだ。

岳飛の墓のある境内を出ると、ガイドのおばさんは二人を筋向いの画舫の船着場に案内した。そこには学生の団体が長い列をつくって船に乗る順番を待っていた。学生以外にも国内からの団体客も多かった。これでは順番待ちが大変だと心配していたら、おばさんは二人を一番前に割り込ませ、またもや船頭になにか声をかけると、二人は待つこともなく船に乗れた。

そして、おばさんは、近くの建物を指差しながら言った。

「あそこに建物がみえるでしょう、あれが楼外楼だから、船での遊覧が終わったら、あの建物の前へ戻ってきてください。私はそこで待っていますから」

船は西湖のほぼ中心にある湖心亭へ着いた。湖底の泥を浚って積み上げることにより出来上がったという小さな島である。二十人ばかりいた乗船客はみなここで降り、この小島を一周した。観光客はしきりにカメラのシャッターを切った。耕三も余丹の姿を何度かカメラに収めた。船に戻り「三潭印月」とよぶ島の傍を通過した。この島の傍には三つの石灯籠が水中から頭をだしている。中秋の名月の夜は灯が点されるという。

湖の南端、乗船したところからは対岸に位置する「花港観魚」とよばれるところで下船した。ここには牡丹園があるのと、錦鯉や金魚を飼う池がある。池のそばに鯉にやる餌として食パンを売っている店があり、多くの観光客がパンを千切って池に投込んでいた。パンが水面に落ちると同時に、そこに口をあけて多くの鯉が群がってくる。その数の多さは気持ちが悪くなるほどであった。

船の遊覧には昼食をとる時間が設けられていて、二人も食事をとった。食事代は自前である。昼食を終え出発点に戻ると、楼外楼でガイドのおばさんが待っていた。彼女はまたタクシーを拾い、二人をそこから西へ三キロメートルほど離れた霊隠寺の入口まで連れて行った。

「車はここまでしか入れません。ここが今日の最後の観光場所です。わたしが案内して説明するほどのこともございませんので、よろしければお二人でゆっくり中を見ていただけませんか？　わたしはここでお別れすることにしたいのです。帰りはここからバスが出ています。バス代は一人一元で西湖まで戻れます」

　おばさんは耕三から観光料として、一人分につき百二十元、二人分で二百四十元を受け取り去って行った。二人は観光客の流れについて歩いて行った。土産物屋の並びを抜けると緩やかな上り坂の参道に出た。参道の左側に小さな渓流があり、人だかりがしていた。そこが飛来峰の麓で、岩に数多くの仏像が彫られていた。一番大きいのは円満そのものに破顔し、大きなボテ腹をむき出しのまま胡坐をかいている布袋の像であった。

　飛来峰は、ある説によると、東晋の時代にインドの慧理という僧がこの地を訪れ、この小峰はインドの霊鷲山にある峰の筈なのに、どうしてここへ飛んで来たのか、と言ったことからその名が起こったとする。ごく小さな岩峰があり、観光客がそこに登っていく、耕三と余丹も皆について登っていった。人が独りずつ通れるくらいの石窟トンネルを越えて元の渓流まで降りてきた。清らかな流れに誘われて、余丹は手を洗った。

　霊隠寺へいたる石畳みの参道や周りの様子は、耕三が日本で見慣れている神社・仏閣のある場所と真によく似ている。参道の側らの店で、余丹は大きな線香を二束買った。寺院へ上る石段の下までくると、余丹は、

「私が拝みにいっている間、ここで待っていてください」

と言い置き、独りで如何にも敬虔な面持ちで堂宇の方へ上っていった。耕三はどこの国でも、女は祈願好きだなぁと感心していた。独り残された彼は、煙草に火を点け、辺りをぶらついたり、写真を撮ったりしていた。十五分ほど後、余丹は戻ってきて、耕三が約束の場所を動いていたので、少し捜したと言った。

バス停まで降りていくと、ちょうど一台のバスがやってくるのが見えた。耕三はバスに近づき、それが西湖行きであることを確かめ、余丹を振り向くと、彼女はバスに乗るのが少し不満のようであった。耕三は運賃一元（十四円相当）のバスに乗ってみたかった。独りで行動していたら、タクシーを選んだであろうが、幸い連れがあるのだから、迷うことなくバスに乗り込んだ。なるほど、余丹が躊躇しただけあって、おんぼろバスであり、乗客のほとんどは地元の人らしかった。

バスが西湖につくと、二人は一度ホテルに戻った。午後の三時であった。耕三は余丹が慣れない朝の起床で寝不足ではないかと気遣い、五時頃まで昼寝でもするようにと言って、一度各自の部屋に戻っていった。耕三は昼寝をしようと試みたが、寝つかれなかった。それで、独りで外に出てみた。西湖とは反対の方向に歩いてみた。かなり大きな都市とみえたが、西湖の畔は繁華街からすこし外れているのかも知れないと思えた。小半時でホテルに戻った。暫くすると余丹から電話があった。

「私に電話しました？　先ほどそちらへ電話したら、出ませんでしたね」

「君は昼寝していなかったの」

「ええ、頂いたお金をパパに送りに行っていたの」

「お金を送ったって？　郵便局から？　日曜日だのに送れたの？」

「銀行からよ。日曜日にも営業してるのよ。ところで、わたしたち日が暮れないうちに《宋城》へいったほうがいいと思うの」

《宋城》というのは、ここ杭州が南宋の実質的な都であったことから、その当時の町並みの様子を再現した遊園地（テーマパーク）のことである。夜になると踊りなどのショーがあるとのことで、余丹お薦めの場所である。

「じゃ、行こうか」と耕三が応じると、間もなく余丹が部屋から出てきた。余丹は昼間の黒のパンタロンから、白っぽい、裾が長くて広がった、柔らかい生地のワンピースに着替えていた。赤と濃紺による大柄の模様が胸・肩の部分と裾部分にプリントされた、あでやかなドレスである。

タクシーで西湖の西側の湖濱路を湖畔に沿って南下すると、途中でこの道路は名称を南山路と変え、湖の南端を切れたところで、今度は虎跑路に変わる。そこから更に三キロメートルほど南に行くと銭塘江に出る。杭州は耕三にとっては初めて訪れた地であるが、ここらあたりの地名には馴染みがある。水滸伝の最後の激戦地がここであったからだ。銭塘江は川幅が千メートルを越えるほどもある大きな河である。堤防に出たところで右に折れ、河に沿って更に三キロメートルほど行くとテーマパーク《宋城》があった。

一人につき五十元の入場料を支払って中に入った。先ずは夕食をと、食事処をさがして歩くと、南宋時代を再現した街並みに一軒の中華料理店を見つけた。夕食時にはまだ少し時間が早く、客はほとんどいなかった。二人はこの店で食事することにした。メニューをみて料理を選ぶのは余丹の役割である。中国語を専攻した耕三ではあるが、中華料理のメニューは良くわからない。余丹が料理を注文し、耕三はいつものようにビールを一本だけオーダーした。ビールは何にするかと訊ねられ、この地のビールは何だと聞き返し、それにした。アルコール類を一切口にしない余丹はレモネードを頼んだ。料理が出来上がり、二人が食べ始めたときは、夕暮れが迫っていた。表通りの堤燈に灯が点されていった。

食事を終えた二人は、人だかりを見つけて、近づいていった。山羊と小猿による曲芸が始まっていた。孫悟空が着るような服装の男の頭上に棒が置いてあり、その上に小さな台が載っている。その台の上に猿を背中にのせた山羊が立つ。周りを取り囲んだ観衆から歓声があがる。耕三はすでに没した太陽からくる薄明かりと街燈の灯をたよりにカメラを向けた。ストロボを持ってこなかったのが悔やまれた。

夜の帳が下りると、野外劇場に電灯が点され、華やかな野外ショーが始まった。百人にも及ぶような十五歳から二十歳前後とおもわれる男女が世界各地の民族衣装に身を包み、集団で踊る。小さい女の子たちが舞台に出てきたとき、余丹は隣に座った耕三に言った。

「あの踊り子たちの給料はほんとうに少ないのだから。わたしもこどもの頃は劇団で踊っていたのです。練習時間は長くて、ひどく疲れるし、時折ある公演のときは、あの子たちのように、駆り出されて踊るのだけど、貰えるお手当ては雀の涙ほどしかなかったの――。でも、楽しいことは楽しかったわ」

余丹はダンスが上手で何でも踊れた。耕三はクラブのフロアーでの踊りからそのことを知っていた。ボックスしかできない耕三が、「ぼくは踊れないから」と言うのを、余丹は「簡単よ、わたしが教えてあげるから」と何度も誘って、ジルバのステップを教えてくれた。その時、彼女は男のステップもいとも簡単にやってのけた。

「ほう、君はこうした踊りをやっていたの」

「父が劇団にいたでしょう。でも劇をやっていてはお金にならないから、大分前にやめたけどね。死んだ母も劇団にいたのよ」

「役者だったのかい」

「父も母も演劇をやっていたの」

「道理で、美男美女の娘にして、はじめて君のような美人ありって訳だ！　で、お母さんは何で亡くなったの？」

「私が七つのときに病気で亡くなったの」

野外劇場では、次々と民族舞踊が繰り広げられた。中国の踊りが終わると、次にはインドの踊り、そうかと思うとインドネシアの踊り、ロシアの踊り。それぞれの特徴ある民族衣装を中国の踊り子たちが着ておどるのである。こどもたちが絣の着物をきて、日本舞踊を真似て踊る場面もあった。この地味な衣装での日本の踊りは、華やかでリズム感に溢れた諸外国の民族舞踊に比べ、単調でスピード感がなく、最もつまらないと思えた。ショーが終わると、観衆の多くが門に向かって歩きだした。耕三ら二人も《宋城》を後にした。

翌、月曜日は前日より幾らか天気がよくなっていた。雨の心配はまったく無くなっていたが、時折薄日が射すていどの、わりあい雲の多い天気であった。これが却って七月の戸外散策には好都合であった。前日の朝に歩くつもりであった白楽天が築かせたという白提を北から南に向かって歩いた。白提によって仕切られた西側は蓮池になっていた。蓮の花の咲く時季は終わりに近づいていたが、それでも幾つかの蓮の花が咲き残っていた。堤の幅は思ったより広い。中央が二車線の車道で両端に歩行者のための舗道がある。舗道には柳が植わっていて、柳の葉が芽吹いたばかりで、青いすだれのようである。その簾を通して見る湖面や対岸のすこし煙った眺めは、まさに絶景である。

耕三は余丹を柳の下に佇ませ、シャッターを切った。耕三はスコット・リン・ライリー（Scott Lynn Riley）の撮った西湖の写真を思い出していた。特に旗袍姿の妙齢の中国女性をモデルにつかった幾点かの作品のことである。姑娘を配することでライリーは西湖の景勝に更なる情緒を添えたのであったが、耕三は自分の写真も、モデルの美しさの点では、ライリーの作品を凌ぐものと確信していた。

二人は白提を過ぎ、西冷橋を渡り、今度は蘇東坡が築かせたという蘇堤へと歩いて行った。この蘇堤の木陰こそは、開いた詩集か小説本を顔にかぶせて、寝ころぶのに最高の場所だ。実際、そうした学生らしき者もいた。長い一直線の蘇堤を三分の一ほど歩き、耕三がやや草臥れを感じはじめたところへタクシーが通りかかった。それを捉まえ、龍井茶の里へ行った。日本への土産に茶を買っておこうと思ったのである。耕三はここでコロリとだまされることとなった。観光客を目的つくられた建物の中に入ると、座敷の大広間があり、沢山の長テーブルが置かれていた。団体客に食事を摂らせる場所らしい。今は食事どきではないから閑散としている。余丹と耕三がそのテーブルの前に腰を下ろすと、一人のおばさんが直ぐそばにやって来て、茶を淹れてくれた。賞味しろと言うのである。日本の煎茶と同じ味で、悪くない。そのおばさんは、「どうですか？　これはこの茶葉を淹れたものですよ」と言いながら、手前の茶葉を盛った底の浅い木の箱の一つを引き寄せた。見ると茎茶のようであった。耕三は意外に思った。茎茶は三流品である筈だか、どうしてこれだけの美味が出るのであろう。手にした湯飲み茶碗の中には茶柱が立っていた。おばさんは続けて、この茎茶の利点を口早に並べたてた。余丹は懐疑的な顔付きでおばさんの話を聴いていたが、やがて、「私はお茶のことはよく判らないわ。あなたはお茶に詳しいンじゃない？」と言って自分の意見を述べなかった。耕三が肝心の値段を聴くと、おばさんは二百グラム入り位の容器に茎茶を山盛りにし、蓋で押さえつけて閉めてから、これだけ入れて五十元だと言う。耕三はこりゃ安いと思った。そこで百元札一枚をだし、二缶買った。二人が龍井茶の里を出たときは、もう杭州を後にすべき時間が迫っていた。ところで、後日のことだが、耕三が深圳へ戻ってこの時に買った茶を淹れてみて、自分がまんまと騙されていたことに気付いた。

第四章　開店資金

「田村先生（ティエンツンシェンシャン）、私に卡拉（カラ）ＯＫ店をやらせて貰えない？　このお店なんか、かなり儲かっているると思うわ。日式卡拉ＯＫは絶対に儲かると思うの」

　余丹が突然こう切り出したのは、西湖から深圳へもどって間もない夜のクラブ《北極星》でのことだった。彼女が日本式の卡拉ＯＫと呼ぶのは、カラオケ設備をもつ日本人客向けのナイトクラブのことである。深圳在住および深圳へ出張した日本人は、取引相手の香港人や会社の中国人と一緒に夜を過ごす場合を除いて、自分たちだけで飲みに行ったり、歌ったり踊ったりしにいく場合、日本人を相手に営業しているクラブへ行くのが一般的である。その理由は、第一には安全を考慮してのことであり、次いでは言葉の問題である。

「僕は店を開くほどのお金はもってないよ。今までごく普通のサラリーマンをやって来たんだから。会社の老板（ラオバン）（社長）じゃないからね」

「ホントに儲かると思うの。この前の中華料理店ではうまくいかなかったけど、カラオケなら間違いなく儲かると思うなぁ」

「君の言うとおりだろうけど、僕には元手が無いんだからどうにもならないよ」と耕三はこの話を打ち切り、話題を転じた。

「それよりも、余丹、日本語を勉強しなさいよ。日本語が出来るか、会計でもできれば、日系企業に就職を頼んであげることもできるから」

「わたしも一度は日本語教室へ通ったことがあるんですよ。でもチットモ頭に入らないから、すぐ止めちゃった。でも、また行きます。受講券は残っているし、店から週二回は行かせてもらえるんですから。月曜と水曜日で、勉強に行く日は十時に出勤すればいいの。覚えておいて、月曜と水曜よ。十時前だと私は店にいませんよ」

「わかった。星期一、三だね。ところで次の土曜日か日曜日にどこかへ連れてってよ」

「どっかって……《世界之窗》は行った？」

「あァ、《世界之窗》は行った。あそこは深圳へ来たばかりのときに行ったんだけど。夏は海水浴場なんかがいいよ。深圳にも海水浴場があるらしいね」

「あるわ、メイシャに」

「メイシャ？　どう書くの？」

耕三は直ぐに、カラオケ曲リクエスト用紙の束から一枚をはがし、余丹の前に差し出した。耕三は自分の知らない言葉が使われると、良くそうしている。彼女は鉛筆をとり、その紙の上に「梅沙」と書いた。

「ここから遠いの」

「遠くないわ。車で三、四十分よ」

「じゃ、連れてってよ」

「でも、わたし水着をもってないから……」

「いいよ、むこうへ着いてから買えばいいから。売っているだろう」

こうして、次の日曜日に海水浴に行くことになった。こどもの頃は、夏休み中一日も欠かさず川で泳いだ経験をもつ耕三は、水泳が大好きであった。大人になってからも、プールで泳ぐ以外にも一夏に一、二度は必ず海水浴に出かけたものである。

七月二十五日の深圳は、朝から灼熱の太陽が照りつける、絶好の海水浴日和となった。市内のホテルで正午に待ち合わせてあった。余丹は、珍しくただの十五分遅れでやってきた。ホテルでバイキング式の食事をした後、タクシーで梅沙に向かった。三十分ほど走り、トンネルを抜けると、視界が開け、海が見えてきた。車が岬を廻ると、海水浴場らしい景色が視野に入ってきた。

「手前が大梅沙で、その向こうが小梅沙よ。わたしたち小梅沙にしましょう。その方がきれいだから」と余丹が言った。大梅沙が江ノ島の海水浴場とするならば、小梅沙はさしずめ材木座といったところか。少なくとも位置関係はそうなっている。前者が無料で、後者は有料海水浴場であった。小梅沙はその分だけ管理が行き届いている。

小梅沙にはすでに百名近い海水浴客が入っていた。二人は入場料を払って中に入ると、すぐに売店へ行き、そこで余丹は水着と大きなタオルとサン・スクリーン・クリームを選び、耕三が代金を払った。それから男女に別れてそれぞれの更衣室に入った。耕三は二年程前に日本で買った海水パンツに着替えると、それまで海水パンツとカメラを入れて提げていたスーパーで買い物をしたときに貰ったビニール袋に、今度は脱いだ衣服と靴を詰め込んだ。更衣室からは一分そこそこで飛び出してきたものの、余丹は女だから当然時間がかかる。耕三はタバコに火をつけて近くに腰をおろして余丹を待った。

ビーチの砂は小粒で白い。干潮時とおぼしく、波打ち際まで五十メートル近く砂浜が広がっている。海のむこう五、六キロメートルほど先に見える島々は香港側である。耕三は、この距離なら水泳の得意な奴は泳いで香港へ密出国することができるな、と思った。水着に着替えた余丹がバスタオルをショールのように肩に掛けて出てきた。耕三はビーチパラソルと浮き輪を借り、水際に向かって半分くらい下ったところにビーチパラソルを立てた。その下で、余丹は浮き輪を座布団代わりにして、座り込んだ。

「君、水に入らないの？」

「わたしは泳げないから、ここであなたが泳ぐのを見ているわ」

「浮き輪があるから、泳げなくても平気だよ」

「日焼けしたくないのよ」

どうも本当の理由はこちらの方にあるようであった。たとえ色白であっても、日焼けを避ける。これこそ美人が美を保つために費やす隠れた努力か、と耕三は妙に感心した。

「じゃあ、ちょっと泳いでくるからね」

耕三は余丹をそこに残して、海水に入った。一泳ぎした後、水から上がってきた耕三は、カメラを取り、海水浴場風景と浮き輪の中の余丹を写真に収めた。長い脚と、スマートな割には意外と思えるほどの膨らみをもつ太腿が、耕三の官能を刺激した。一枚目を撮ったとき、彼女は済まし顔で前を向いていたが、二枚目になると、カメラの方をむいて笑顔を作ってくれた。ここらあたり、彼女はカメラに撮られ慣れているようだった。耕三は彼女の座っているところにもどり、カメラを彼女の傍に置き、「日焼け止めを塗ってあげよう」と言って、余丹の買ったクリームを取り、彼女の後ろに回って、掌で贅肉のない背中に撫でつけた。彼女の肌にさわる感触がたまらなく心地よかった。実にうまい口実を見つけたものだと、耕三はご満悦であった。

耕三がもう一度泳いでくるからと起ち上がったとき、余丹は耕三のカメラを取り上げ、「あなたを写してあげるから、行ってらっしゃい」と言って、カメラを構えていた。

暫く、海水浴を楽しんだあと、と言っても、楽しんだのは耕三だけだったかも知れないが、二人は帰り道が混雑しない内にと、早めに切り上げることにした。余丹は結局一度も海に入らなかった。有料のシャワーを浴びた後、タクシーを拾って市内へ戻ってきたのは五時頃であった。日中は余丹が耕三に付き合ったのだから、夜は当然耕三が余丹に付き合って、彼女の働く店へ飲みに行くことになる。

クラブでは、集客の大部分をホステスの《ひっぱり》に頼っている。従って、店ではホステスにある程度のノルマを課す、と同時に奨励金をだしている。余丹に同伴して耕三が店に入ると、彼女の成績になり、ノルマの達成と奨励金の獲得の両方で彼女に協力することになるのである。日本人相手のクラブの開店時間は七時半が一般的である。ホステスたちは通常七時に出勤することになっているが、客同伴の場合は八時までに店に入ればよいことになっている。余丹の勤める《北極星》も同様のシステムを採っている。

八時前にクラブへ入るとして、先ずは腹拵えしなければならない。二人は《北極星》の隣ビルにある同じ日本人が経営する日本料理店『恵比寿』へ入った。時間が早いので、まだ客はいなかった。余丹の着ている帯状の赤、青、黄を基調とし、色の変わり目に黒線の入った縦縞模様のワンピースが彼女に素晴らしく似合うものだから、耕三はまたもやカメラを取り出した。写真を撮ると言うと、彼女はそそくさと起立し、窓をバックにポーズをとる。

中国人は写真好きであり、また中国女性はポーズの取り方が上手である。どこかの国の女性のように子供から大人まで、Vサインを出し「ピース」などと意味不明の言葉を発することはない。サングラスをアクセントに使っている余丹は、そのサングラスを頭髪の上に載せ、ノースリーブから伸びた長い腕を、右は腰の後ろに廻し、左はそのままそっと高窓の敷居にそって延ばしていた。

食事はゆっくりと摂ったのであったが、終わっても店に行くにはまだ、時間が早すぎた。店が開くまで街をぶらつこうと二人は外に出た。

「わたし靴が買いたいのよ」

「いいよ、靴屋へ行こうか。どっちへ歩けばいいの」

「わたしがいつも買っている店まで。心配しないで、高いものは買わせないから」

余丹はこういって先に立って歩き出した。彼女は早足である。耕三は遅れまいとついていくが、大変で、ともすれば遅れがちになる。

「そんなに急がなくてもいいじゃない」

「あっ、すみません。わたしいつも独りで歩いているから、つい癖で早くなってしまって」

余丹が速度を落としたので、耕三はたばこに火をつけ、彼女に言った。

「ぼくは老人だから歩くのが遅いんだよ。で、君はなんであんなに急いで歩くんだい」

「小偸（シャオトウ）が多いでしょう。ユックリ歩いていると狙われやすいから。ここらは特に小偸がおおいから、気をつけてね」

彼女が小偸というのは子供のスリやひったくりのことである。中国人でも田舎から出てきて間もない女性がとくに被害にあう。都会に慣れないで歩行がユックリであったり、警戒心が足りなかったりするからである。また、女性を狙うのは発覚した場合に与し易いからでもある。

先を行く余丹はビルの一階駐車場を裏から表に通り抜け、隣のビルに至る。そのビルの裏側をあるいていたかと思うと、ビルの中ほどの入り口から中へ入っていった。ビルの中は商店街で大きな宝石店や化粧品店があった。それらの売り場の中を通り過ぎ、とうとうそのビルも抜けてしまった。そして更に別のビルの入り口に至り、今度は幅の広い階段を上っていった。ここまで一度も表通りらしいところは通らなかった。彼女は時折うしろを振り返り、耕三がついてくることを確かめる。階段を五、六段のぼったところが地上階であった。そこからエスカレーターで三階まで昇っていくと、ガラス張りのモダーンで垢抜けした靴屋が二軒向かい合わせになっていた。

「わたし先日、ここでこのサンダル買ったのよ。でもなんだか毀れかかっているの」

余丹は片方の脚をもう一方の脚の後ろに跳ね上げ、身体をねじって自分が穿いているサンダルの踵を指差し、さらに耕三の方をみて言った。

「修理できるものなのかどうか、訊いてみるわ」

その仕種と表情が艶であり、可愛かったので、こんな美人の後に随って歩き、こんな風に相手にして貰えるだけでも、六十近い耕三にとっては真に有り難いことで、これから彼が払わされる靴代以上の値打ちがあると思った。

彼女は手前側の店に入って行った。耕三も続いて店に入り、余丹が売り子と話している間、店内の陳列棚に並んだ女性用の靴をながめていた。すると、余丹が振り返り、耕三に傍のスツールを指さし、「ここに座って待ってて下さい」と言った。

結局、新しいサンダルを一足買って、今履いている踵の剥がれかかったサンダルを店に預けることになった。耕三は代金を支払った。それから向かいの靴屋でも、黒の中高ヒールの靴を買ったが、合計しても、彼女の海水浴場への付き合いに対して耕三が渡すつもりであった小遣い銭の額よりも安くあがった。

クラブ《北極星》に入ったのは七時半頃であった。小妹（シャオメイ）が店でキープしていた耕三のウィスキー・ボトルをもってきて、氷の入ったアイス・ペールとミネラル・ウォーターを運んできてから、余丹と言葉を交わしてから立ち去った。余丹はグラスにウィスキーをほんの少し注ぎ、「薄くしておきましょうね。まだ二回分ぐらい残るわ」と言いながら、氷と水をタップリ使って、色の薄い水割りをつくった。今では彼女は耕三があまり酒を飲まないことを知っていたし、こうすることにより、耕三のこの店への支払額を最小限に抑えるよう協力しているのであった。一方では、耕三の訪問回数をふやすことにより、彼女の成績に貢献させる、と同時に彼女自身へのチップを残しておくことまで計算しているのであった。この夜もいつものように十一時頃までいて、店への支払いはテーブル・チャージ三百元（約四千二百円）のみであった。

田村耕三の深圳滞在は間もなく半年になろうとしていた。工場での設備すべきものはほぼ設置が終わるか、設置の時期を待つばかりになっていたし、社員として採用した中国人数名には、営業兼管理職の丁有波（二十九歳）、経理を任せる趙妮芬（二十五歳）および三名の金型工には、日本企業で働く際に留意すべき基本事項を指導していたが、彼らの理解が早いこともあって、営業開始にむけた準備は順調に進んでいた。

そんなとき、シンガポールに滞在中だった加瀬社長が、日本への帰途、深圳に立ち寄るとの連絡が入った。社長到着の日、耕三は香港空港に社長を出迎えた。バスで深圳入りし、市内のホテルに社長がチェックインしたのは、午後の四時をすこし過ぎたころであった。ホテルで一休みの後、社長と耕三は日本料理店で夕食をとり、深圳滞在中の夕食後はほとんど毎夜そうするように、クラブへ出かけた。行き先はもちろん余丹のいる《北極星》である。

深圳の中心市街には日本人相手のクラブが大小合わせて十四、五軒あった。小さい店で女性を七、八人置き、大きいところでは、二十人近い女性を抱えている。これらの店は日本人が経営しているか、そうでなければ日本人が金を出して、中国人女性が経営している。中国人女性に口説き落とされてスポンサーになっている日本男性が多いらしく、後者のケースが増えている。

余丹も耕三を口説き落とそうと、その後も毎度のように、「必ず儲かるから店を出させて」と繰り返し言っていた。この夜も耕三の指名で彼についた余丹は、耕三の右側にあって、同じ話を蒸し返していた。余丹のこのおねだりを聞く度に、彼が早期退職したことで、予定したよりも多く受け取った退職金のことが彼の頭をよぎるのであった。

耕三は中国語を解しない社長に、頼まれもしないが、余丹の話を通訳して聞かせた。社長の反応は耕三の予想に反していた。

「意外と儲かるかもね。ぼくはこうしたクラブへ行ってばかりいるけど、一度は自分で店をもってみたいと考えているがね」

社長のこの口ぶりから、耕三はもしかすると、社長を口説けば、少し投資してもらえるかも知れない、と感じた。そうなったら、余丹の希望を叶えてやることができることになる。耕三は期待に胸の内が騒ぐのを感じた。もしかすると――。

十二時近くなり、耕三はもうそろそろ引揚げるころあいと思い、チップのことを考えていた。今夜のチップはすこし弾みたい気分だった。でも、社長の隣には今日初めてついたばかりの小燕がいたので、おおっぴらにそうするのは憚られた。そこで、耕三は余丹に耳打ちし、彼女の手をとってズボンのポケットの口近くまでそっと引き寄せ、そして彼のズボンのポケットから百元札を数枚引っ張りださせた。二人ともソファに座っているのであるから、耕三のズボンのポケットの中の札は簡単には出てこない。彼女の手が耕三のポケットの中でもぞもぞと動く。耕三にとって、太腿上を這う彼女の指の感触が何とも心地好いのだった。

水商売に関しては、耕三はもちろんずぶの素人であるが、こうした店の収支予想を試算してみた。先ずは、店を開くまでに準備すべき資金、いわゆる投資金額がいくらになるかを、はじき出す必要がある。店をつくる場所を借りるための敷金、権利金を含む前家賃と内装の費用がいくらになるか。内装費用は深圳工場の事務所の内装工事のときの経験から推し量って簡単に計算できると思った。家賃などについては、親しくなった二、三のクラブのママさんにどれくらい支払っているのか、それとなく訊いてみた。次いで人件費であるが、こちらの方は余丹からクラブの女性たちがどんな条件で働いているかを聴くだけでこと足りた。

初期投資額、家賃、人件費、それに酒類を含めた材料費がでると、支出額がわかる。これに対し、支出に見合う収入を確保するにはどれだけの収入が必要かを計算すれば良い。即ち、毎日平均で何名の客が入れば元がとれるかということである。耕三は、現在深圳にある十数軒の日本人相手のクラブと比較した場合、中規模とすることを前提に一つの収支試算表を作り上げた。

試算表を作ってみて、この商売で利益を出していくことは意外に難しいのではないかと思われた。でもあれだけ多くの店が存在し、それらの店が営業を続けているところをみると、やり方次第なのだろう。要は、美人を揃えられるかどうかに懸かっているのだろう。

数日後、耕三は社長にクラブへの出資に協力して貰えないだろうかと、相談を持ちかけた。もちろん自分も出資するつもりになっているし、十分採算はとれる筈だと強調することは忘れなかった。耕三より七つ年下の五十一歳である社長は笑いながら、

「田村さんは、そりゃ何よりも女のためにクラブをやりたいのでしょう」

「まあ、そういうことですが……これまでにあんな好い女に出会ったことはなかったですから」

耕三が最後に女に惚れたのはもう十五年も前、四十三歳の時のことである。そのときは大学を出て入社したばかりの女性の方から彼にちょっかいを出してきたのだった。彼は四十台前半は、今の余丹のように若い女性に随分もてたものだ。日頃顔を合わす会社の女事務員たちであったが、彼女たちからみると、いつもお客さんを連れて颯爽と工場内を案内して廻る営業課長時代の彼はかっこよく見えたのである。彼は背丈が一メートル六十九と同年代のものに比べ高い方ではなかったが、やや痩せ型で首の長い彼は、遠くからみると、実際よりも背が高く見えた。その彼は、外国からの客にも十分対応できる英語力も備えていた。しかし、当時耕三の方でも熱をあげた女は、余丹と比べるとそれはもう比較にならない。余丹の素敵さは、日本の並みの女優レベルではない。彼女は多くの点で綺麗であったが、特に大きくて目尻の上がった眼が素敵であった。耕三自身は、女ではないから大きな眼ではないものの、目が細くなく、目尻が垂れないところが、自分の顔の中では一番のとりえだと考えていた。

「資金は幾らぐらいあればいいんだろうねぇ」と加瀬社長。

「計算してみたのですが、八百万円くらいでしょうか」

「で、田村さんはどれくらい準備するつもり？」

「私は五百万円ぐらいなら用意できると考えているのですが……」

「そうねえ、同額ぐらいならば、出資させて貰ってもいいよ」

社長がこう肯定的に言うのを聴いて、耕三は胸のときめきを感じた。一刻も早く、余丹に店をやらせてやる可能性が出てきたことを教えてやりたいと思った。と同時に、こう可能性が高くなると、逆に余丹を少し焦らしてやりたい気持ちもあった。

耕三が余丹に初めて遭った日からおよそ三ヶ月半が経過していた。そんな九月の第一土曜日のことである。彼はクラブを始めるための資金を現金で準備し、紙幣の束を本、雑誌、ファイル類の間に挟み込み、香港経由で深圳に入った。予想していたとおり、羅湖の税関での手荷物検査はX線による検査機を通しただけで、旅行バッグを開けてみせる必要はなかった。耕三はここの通関時に、手荷物を開けて調べられたことは一度もなかったし、X線検査時も、中国の職員は、モニター画面を注視することがほとんどないことをこれまでの数回の経験から知っていた。それでも今回は、規制を何倍も超える多額の現金を持ち込むことになったのだから、無事通過できたことに耕三はほっとしていた。

彼は、いつもは出入国ビル内のタクシー乗り場へ、人込みを縫って直行するのだが、この日は気分が高揚していたのと、好天気に誘われたことで、すこし先にある外のタクシー乗り場まで歩く気になった。キャスター付き旅行バッグを曳きながら、他の歩行者の群れの流れにつれて歩き始めた。彼の数歩先を長身の三十男が歩いていた。その男がポケットから何か取り出す拍子に、ポトリと何かを落とした。男はそれに気付かない様子で歩いていく。耕三は男の注意を喚起しようと思った。その途端だった、耕三と平行に歩いていた二十台の男がさっと数歩出て、耕三の眼の前でそれを拾い上げた。それは紙で包んで輪ゴムでとめた筒状のものであった。拾った男はその紙包みをあけると、耕三を見て、「お金だ」と小声でいった。そして、先を行く三十男に視線をやった耕三を、手で制する仕種をし、「二人で分けよう」と言う。

こう言われると、耕三は声が出せなくなった。そんなはした金の分け前に与りたいという気はさらさらなかったが、この二十歳すぎの若者を無視して、離れることもできかねた。

耕三とならんで歩き出した若者は、少し饒舌になり、

「俺たち今日は運が良かったですね。いま、ここでこの金を分けるのは人が多くて都合が悪いから少し歩きましょう。ところで、老板（〝社長〟の意）、これからどちらへいかれるのですか？」

「俺か？　俺はタクシーを拾って、ホテルまで行く」

「それでは、向こうの大通りがいいでしょう」

若者はバス発着場の少し先の大通りを指差して言う。

「あそこまで行けば、人に怪しまれず、お金を分けることができますよ」

二人は大通りへ向けて進んでいった。一分も経過しだろうか、突然、先刻の長身の三十男が息せき切らせて、駆けつけて来て、耕三の隣を歩く若者に言った。

「金を落として、捜しに行ったら、むこうで君が拾ったと教えてくれた。金を渡してもらいたい」

「人違いじゃないですか？　わたしは何も拾っていませんよ」と、若者は平然と答えた。

その返事を聴くが早いか、男は急いでまた引き返していった。耕三は何故か、「いや、その金はこの男が拾ってもっているよ」と教えてやることが出来なかった。あまりにも事がばたばたと進行したからである。

二人は大通りを目指して更に歩いていった。耕三は彼と並んで歩む、彼よりも背が低くて、だいぶん年下と思える男が、耕三のことを一体何国人と思っているのだろうかと考えながら歩いていた。自分を香港人とは考えていないだろう。互いに広東訛りがなかったからだ。では、明らかに香港側から入国したばかりの中華系としては、台湾人とシンガポール人が考えられるが、そのいずれかと見ているのだろうか？　よもや日本人とは思っていないであろう。日本人で中国語の解る者は極わずかしかいないからだ。いや、この男にとって相手が何処の国の人であるかは一切関心がないのかもしれない。たまたま、耕三が傍を歩いていたというだけのことで……。

二人が大通りにでると、男は言った。

「ここならタクシーが拾えます。車で少し人通りの少ないところへ移動してから、お金を分けましょう」

耕三は手を挙げて、一台のタクシーを止めた。その時であった、また先刻の長身の男が駆けつけて来た。耕三は、長身の男に自分たち二人の移動した場所がよく判ったものだと感心した。

「やはり、君が拾ったといっている。さあ、出してくれ」

「拾ってないものを出すことはできないよ」

長身の男と二十台の男の間に言い争いが始まった。耕三は、問題は彼らの間で解決させればよいと考えた。だから、耕三は二人を無視してタクシーに乗り込んだ。ところが、それをみた若い方が、急いで耕三の隣に乗り込んできた。もう一方の長身の男も、逃がすものかといった勢いで、運転手の横の席に乗り込んだ。深圳では運転手の隣りに客が乗り込むのは特別なことではなく、一般に行なわれている習慣である。耕三が行き先を「海賓酒店」と告げると、タクシーは走り出した。

「君がもってないと言い張るなら、ポケットを調べさせてくれ」

「お安い御用だ。どうぞ調べてくれ」

「運転手さん、ちょっと車をとめてくれませんか」と長身の男。

タクシーが停車すると、二人は車を降り、背の高い男が、相手のポケットを一つ一つ調べていった。しかし、金包みは見つからなかった。耕三は、背の低い男は一体どこに金を隠したのだろうかと不思議におもった。一方タクシーの運転手は、道路端で始まった言い争いに業を煮やし、

「お客さん、車に戻るのか、戻らないのか、ハッキリしてくれよ」

と言った。それを聴いて、二人は急いで車に戻った。タクシーは三人の客を乗せてまた走り出

した。ところが、長身の男が、今度は耕三に向かってこう言った。

「あなたのバッグに隠したかもしれないから、調べさせてもらえませんか」

耕三はこれには驚いた。他人事と思っていたのが、事が自分にも及んできたのである。困ったことになったと思った。旅行バックのなかには大金——旅行者の持ち込み制限を大幅に超える現金——が入っている。耕三は今の今までウキウキしていたのである。資金は加瀬社長の協力を得て準備できたし、先刻は税関も無事通過した。二週間ぶりの深圳は気持ちよく晴れ渡っている。ところが、こんなところでバッグを調べられたらかなわない。万円札を百枚束ねにしたものが十個も衣服の中にあるファイルの間から転がり出てくることになるのである。

耕三が困った顔つきで返事を渋っていると、背の低い男が耕三に言う。

「調べさせてあげなさいよ。どうせ何も出てきやしないンだから」

この時になって、初めて耕三は、彼の置かれた状況を把握しかけていた。なおも執拗に要求する背の高い男にたいし、耕三はきっぱりと宣告した。

「俺のバックを調べて貰うことに異存はない。ただしホテルについてからにしてもらいましょう」

タクシーはもうホテルの傍まできていた。タクシーがホテルの前に停まると、前の席に座った長身の男がタクシー料金を支払った。三人がタクシーから降り、耕三が四ッ星ホテルの玄関ドアーに近づいたとき、背の低い方が、背の高い方に、金包みを投げわたしながら、

「今回はしくじった」と言った。

これにより、耕三は、途中から少し疑りかけていた二人の関係が、グルであることを確認したのだった。結果としては、彼はホテルまで無料で、彼らに送って貰ったことになった。

この夜、夕食をおえると、耕三は三週間ぶりに余丹に会いにクラブ《北極星》へ行った。早く、余丹に資金の準備が出来たことを知らせたくて、矢も盾もたまらないといった態であったからだ。彼女が耕三のテーブルにつき、水割りをつくり終えると、耕三は言った。

「余丹、君があんなに欲しがっていた店を出すことができるよ。社長が出資してくれることになった。もっとも、若干の条件はつくがね」

「本当！　それで条件というのは？」

「うん、それだけど、一つにはママさんには、社長のメガネに適った趙文娟を使うこと。この女には、君はまだ会ったことがないが、別のクラブで最近までチ*・ママをやっていたのだが、その店のママと合わなかったとかで、最近そこを辞めて、別のクラブで働いているんだ。その女の従弟がうちの深圳工場で働いていてね、この男がまじめでよく働く。ま、そんなことで、

＊チ・ママの「チ」は漢字でどう表記するのか、耕三も作者も知らない。「チ」は正（妻）ではなく、副（妾）を呼ぶときの南方の方言らしい。耕三は単に地元の人たちの言い方を真似て使っている。ママは漢字で表記すると媽媽となる。

趙さんをママさんにすること。君には、その下でチ・ママをやって貰う。もう一つの条件は、設立する店は加宮模具の社員である丁有波の名義で登録すること。以上の二つの条件だけどね」

耕三はこう言ったものの、社長がつけたのは前者の条件だけで、後者は耕三自身が社長の条件だとして、余丹に伝えたものである。丁有波は十分信用できるが、余丹については、知り合ってまだ四ヶ月足らず。彼女のことを信用するにはまだまだ知らないことが多すぎると考えていた。

「明日からさっそく準備を始めよう。もちろん君に手伝って貰わなければならない」

「わたしは中華料理の店を開いた経験から、どんな手続きが必要になるか、だいたいわかりますよ」

「先ずは場所を決めることだろうけど。君との連絡や、場所探しのために、僕はこの近くに下宿することにするよ。下宿さがしも君に手伝ってもらわなきゃ」

「連絡を取り合うのに携帯電話がないと不便だわ。わたしに携帯電話を買ってください」

「うん、明日にも買ってあげよう。明日の十二時、正午に海賓酒店までこられるかな？」

「明日正午、海賓酒店ですね。泊っている部屋の番号を教えておいてください」

こうして、余丹との翌日の待ち合わせ時間が決まると、耕三は十時過ぎにはクラブを出て、ホテルに戻り、その夜はぐっすりと眠った。

翌日曜日の十二時、余丹は時間通りホテルに来た。耕三はロビーのソファに座って、彼女が入ってくるのを見ていた。早速、ホテルから徒歩五分のところにある電信電話局の隣にある店へ行って、三千九百八十元（約五万五千七百円）の携帯電話を買った。日本とはシステムがこととなり、携帯電話機はこのように相当高価なものである。もちろん安いものでは二千元程度のものもあるが、余丹の選んだは当時最も人気のあったサムソン社製のものであった。電話機を買っただけでは携帯電話機は使えない。電話番号を買う必要がある。それに千百四十五元を払い、更に使用料支払い保証金五百元を積んだ。日曜日ではあったが、電信電話局は営業しており、番号の購入、保証金の払い込みを完了すると、携帯電話はその日から使用可能となった。

この携帯電話のことであるが、耕三の知っている日系のクラブで働く女性たちの多くは携帯電話をもっている。それというのも、実は彼女たちのほとんどは、日本人客に買ってもらうらしいのである。これは耕三が直接一人の女性から聴いたことであるが、中には一個ではなく二個も買ってもらった者もいたそうだ。失くしてもないのに、失くしたと偽って、更に一個かってもらったそうだ。買ってやる日本人は自分たちの方から女に連絡を取りたいから、買い与えるのであろう。

「田村先生、今からアパート探しにいきましょう」

「君の下宿から近くて、治安の良いアパートが好ましいね」

「香港人や外国人が多く借りているアパートが近くに二、三あるから当たってみましょう」

余丹が先にたって足早に歩き出した。耕三はその後を追う。電信電話局のあるビルが面する大通りを南にわたり、その南裏一郭には高層ビルが林立している。二十階を越える高さのビルも少なくない。大半がアパートであるが、深圳駅のある羅戸から車で十分足らず、徒歩でも二十分そこそこの交通の便の好いことから、ここらあたりにはホテルの数も多い。

通りから一つ南に入った路地に面した高層アパートの一つに余丹が入って行く。この辺りのアパートはいずれも一階が受け付けのようになっていて、そこには二十四時間、守衛が常駐している。それより先、即ち、エレベーターホールや階段口との間には鉄格子の扉があり、外部から来た者は自由に入ることができない。

余丹は守衛に話しかける。

「このビルで最近引っ越したとか、空室のままになっているアパートはありませんか？」

「一つ空きがありますね。十五階に」

「大家さんの連絡先はわかりますか？」

「判るとおもいます」と守衛は答えて、電話を取り上げてどこかへ連絡していたが、大家さんの電話番号を聞き取り、紙に書いて余丹に渡した。

耕三は後日知ったことだが、彼女は以前、といってもそれほど遠い昔のことではないが、不動産屋さんに勤めていたことがあって、この近辺の守衛連中とは顔見知りが多いのだった。彼女は守衛から教わった番号へ、買ったばかりの携帯電話機を使って電話した。家主は香港人で香港にいるが、家主から管理を任されている親類の者がすぐ近くに住んでいて、すぐにアパートを見せるという。待つこと十五分ほどで四十台の婦人がやってきた。

　十五階のアパートの二重ドアーを開けると、直ぐ前が十畳ばかりの広さのリビングである。ドアー側の壁伝いに右へ行くと、寝室が二つ並んでいる。寝室の反対側、リビングの左側には、バスルームとキッチンがあり、リビングを突っ切るとベランダに出る。間取りは2ＬＤＫ、床面積は四十三平米と一人住まいには恰好の広さである。更に都合の好いことには、当面必要な家具がほぼ揃っている。入口を入ったところには下駄箱が置いてある。リビングの壁側には二十インチのテレビがテレビ台の上に載っており、その反対側（窓側）には三人がけのソファがあり、ソファの前には天板がガラスのロー・テーブル（茶机）がある。二つの寝室の各部屋にはセミダブルベッドが入っており、ベランダには松下製の全自動洗濯機まである。大家さんの代理人によると、これらの家具は、先住者――数ヶ月分の家賃を未払いのまま、夜逃げするようにしていなくなった女――が置いていったものとのこと。耕三は心のうちでこのアパートを借りることにほぼ決めて、「二両日中に連絡します」と言って、代理人と分かれた。

　二人はこの十五階のアパートを見たあと、更に別の居民大楼（マンション）内のアパートを見た。後者は大家がこられないので、管理人が空き室を合鍵で開けてみせてくれた。日当たりの面では、後から見た方が数段勝っていたが、後者の場合、家具は一切ないから、最低でもベッドとテレビを買い足す必要があった。

　翌日、最初にみた家具付きアパートを借りることに決めた耕三は、余丹に大家の代理人である親戚の中年女性に連絡をとらせ、二人して契約するアパートへ出向いていった。すると、そこには代理人の他に、もう一人の太った中年女性が待っていた。耕三が契約を交わしたいと申し出ると、太った女が口を開いて、

「この部屋はわたしが先に見て、気に入っていたところです。あなたが契約したいなら、わたしはあなたに譲ることもできますが、その場合、わたしに一ヶ月分相当の権利金を払ってもらいます」

と言う。これを聴いた耕三は、《ああ、またか！　例の中国人流ってやつだな。だが、こんなものを撃退するのは、いとも簡単なことだ》と腹の中でせせら笑いながら、一方では表情を険しくし、余丹に向かって声高に、

「先約があるなら、その人に契約して貰おう。僕はこの部屋でなくても良いし、第一突然こんな風に話が変るところから、アパートを借りたくないから」

と、聞こえよがしに言い、今にも立ち去る風を装った。すると、太った女は、

「いや、わたしが退きますから、あなたたちで話し合って下さい」

と言うが早いか、慌てふためいて戸口から出ていった。

この時の耕三の機転については、後ほど余丹が感心して、褒めてくれたものである。こうした状況に対処するに、中国人の場合、必ず口論にて相手を負かそうとするから、却って事を面倒にする。無用の議論が延々と続くことになる。耕三の採った作戦だと、相手はもしかすると

ハッタリかと疑ってはみるものの、万が一にも元も子も無くしたくはないから、余裕のない側が勝てないのである。

こうして耕三は余丹の住むアパートから徒歩三分のところに下宿することになった。家賃は月額二千八百元（日本円で約四万円）、敷金二ヵ月分、紹介料千元で一年契約した。ただ、この紹介料は誰のところへいったのか、耕三にはよく理解できなかった。後日、気が付いたことであるが、それはどうも余丹の懐に入ったのかも知れないと疑われたのであった。

アパートの鍵を受け取ると、当面の生活必需品の買出しに行くことにした。その前に、余丹はすぐ隣のアパートを掃除していた若い二人の掃除婦に声をかけた。

「あなたたちこちらのアパートも掃除してちょうだい。丁寧に磨き上げるのですよ。掃除代として五十元払いますから」と、命令口調で指示した。耕三はその高飛車な態度に少し驚いた。どうも中華人民共和国は、日本なんかと異なり、よほど階級社会らしい。だが、五十元は彼女たちにとっては良い稼ぎだなとも思った。工場の新入社員の月給は七、八百元程にしかならないのであるから。ただし、この五十元は他ならぬ耕三が出すことになるのである。

二人の女性が清掃作業をしている間に、余丹に連れられてデパートとスーパーへ買い物に行った。デパートは徒歩一分のところにあった。そこで枕、シーツ、掛け布団等の寝具を買った。それを一度アパートへ持ち帰ると、今度は日常使う生活用品――バケツ、箒、洗剤等の清掃用品や洗濯もの干具や洗濯ハサミ等――を買いにスーパーへ行った。こちらも二分程歩くとスーパー・ストアーが二軒ほどあった。この界隈は買い物に便利なところである。
工場の近くの寮住まいから街中のアパート住いに変わって、一千万円もの大金の隠し場所をどこにしようかと、耕三はアパート内をつぶさに見て歩いた。隠し場所の候補としてベッドの下側が考えられたが、泥棒に入るほどの奴はベッドの下など最初に見るところに違いないと考え、別の場所を探した。台所へ入ってみると、流しとガスコンロ台の下が扉のついた収納場所になっている。扉を開くと、そこには、先の居住者のもので、長らく使わない鍋釜や食器類が転がっていた。耕三はここに決めた。万札百枚組になった札束九個を、ゴミをいれる真っ黒のビニール袋に包みこみ、それをガス台の下の収納場所の中を通っているガス管を利用して、前面の観音開きの扉を開けただけでは、死角になって見えない所の高い位置に括りつけた。いくらピッキング先進国の泥棒様でもまさかこんな馬鹿げたところに九百万円が隠してあるとは想像できまい。残りの百万円足らずの金は一部は人民元に交換し、残りは洋服ダンスの衣服の中へ紛れ込ませた。

耕三は中国の深圳で日本人男性相手のナイトクラブを開店しようとしている今、一番気になることは、一体、潜在的にみて、客となりうる日本人は深圳にどれくらい住んでいるのかと言うことである。誰かが深圳にいる日本人は二千人ほどだと言っていたように記憶している。二千人とは取るに足らない人数である。もしこれが女、子供を含む数字ならば、さらに少なく見積もる必要がある。然るに、既に日本人相手のナイトクラブは、大小合わせて十四、五軒あるのである。二千人足らずを十五に分配すると、一軒あたり百名ほどにしかならない。これでは話にならない。だが、待てよ。この俺はその二千人足らずの中の一人なのだろうか？ いや、そんな筈はない。居住者は二千人程度かもしれないが、深圳へは、出張でやってくるもの、或いは香港に住んでいて、仕事の場が深圳であるものが沢山いる筈である。その証拠に、耕三がよく行って食事をするホテルの中で朝食をとっている日本人はほとんどがホテル宿泊の出張者である。

こんな風に考えていて、耕三はふと、日本料理店の数と日系ナイトクラブの数に関連がある筈だと気付いたのであった。何故ならば、ナイトクラブなるところは食事の後に行くところであり、ナイトクラブへ頻繁に通う客は外食しているに違いないと思ったからである。そして、日本人の場合、日本食にこだわる人が圧倒的であることも、自分の経験から推察できる。実際、日系（ここでは日本人相手と言う意味である）のナイトクラブの近くには日本料理店がたいがい存在する。また、日本料理店を経営すると同時にナイトクラブを経営しているところも数軒ある。こうしてみると、耕三の開く店にしても、集客を考えるならば、日本料理店の近くでなければならないことになる。

そもそも耕三が今回の下宿先を選んだのも、余丹の下宿先から近いことも考慮のうちにあったが、何よりも徒歩で十分以内の距離に日本料理店が数軒あることが決定的理由となった。耕三のように単身で外国に長期滞在する場合、一番に問題になるのが、食事のことである。朝食については、パンと飲み物で簡単にすませても問題ないし、昼食はその時の自分のいる場所に応じて、麺でもファスト・フードでもよい。こんどのアパートの近くには、事務所で働く人たちが良く利用している仕出し弁当屋や、簡易食堂などもある。だが、大方の日本人は、海外にあっても、せめて夕食には日本食を食べたいと思うものだ。

深圳にも日本料理店は、この半年間余りの間に耕三が入ったことがある店に限っても、十軒ばかりある。日系企業や日本人が出店して営業している店は、格が高く、味も良い。また、台湾や香港系の日本料理店もある。こうした店は刺身や寿司が主体の料理店で、やはり香港人や台湾人が主たる客層であるらしい。中国人が経営している日本料理店も何軒かある。もと何処かの日本料理店で働いていて、そこで料理や手法を学び、店を出すまでにこぎつけた人たちがやっている店である。

耕三は性格がセッカチであり、かつ可なりの自信家であるから、事の進め方は性急である。時として、性急過ぎる嫌いがある。それで失敗することもあったが、大きなミスは犯していない。優柔不断で商機を逃したり、決断しかねている内に取り返しのつかない深みに嵌ってしまったりするよりは、むしろ拙速の方を選ぶタイプの男である。資金をもって深圳へ舞い戻ってきてから五日間で店とする場所の賃貸契約を済ませた。その契約に至るまでに、耕三は余丹と一緒にたった三つの場所を見ただけだ。

最初に探しに行ったところは、耕三が余丹と知り合いになる以前に、ということは、耕三が深圳に来た当初から最もよく通った、深圳の日系クラブの中にあっては中規模の《モナミ》が入居しているビルであった。そのビルの中には《モナミ》の他にもう一軒の、こちらは更に小規模の《愛》と呼ぶ、やはり日本人相手のクラブがあったが、そのビルには空き部屋が多いことを知っていたからである。地理的条件が悪いわけではないのだが、何故かテナントが少なく、したがって、何だか薄暗い感じのするビルであった。

ビルの管理人を通じて、空き室を二つばかり見せて貰い、家賃等の条件を聞いてみた。家賃は予想したよりかなり安かった。この商売の諸々の費用の中では、家賃が一番大きな比重をもつのだから、家賃は安ければ安いほど経営が楽な理屈になる。そうした意味から、耕三はこのビルの中の何階かに店を構えるのは悪くないと考えた。ところが余丹がこのビルを嫌った。

「わたしはここで働くのはご免だわ。天井が低いし、窓が少ないから、外も眺められないし、ここでは何だか閉じ込められていて、息苦しい感じがするもの」

余丹の勤めている《北極星》は、天井が高く、いま検分している場所の天井と比較すると一・五倍はある。また《北極星》はビルの最上階にあって、部屋の南北の側が大きな嵌めこみのガラスとなっていて、戸外の灯りを見ることもできる。《北極星》しか知らない余丹は、当然のことながら《北極星》と比べてしまう。やむをえないことではある。

耕三は余丹の意見を入れて、別な場所を探すことにした。耕三はこうした水商売の店は一つだけ離れているよりも、近くに同業者や競争相手の店がある方が集客に有利に働くものだと考えていた。だから、日系人相手の店をつぶさに見て歩くことにした。見て歩くには客になって店へ入ってみて、そこのホステスやママさんから事情を聞きだすのが一番簡単なやり方だと思えた。

ところで、耕三が資金を持って帰って以来、毎晩のように、余丹は耕三の夕食におつきあいしている。最初に余丹が耕三を案内したのは、二人が住むアパートから徒歩数分のところにある魚翅（ユイチ）（フカヒレ）と燕窩（エンウオ）の専門店であった。これらの食材を使った料理は高級料理の代表とされるものであるが、その店は思ったほどは値が張る店ではなかった。二人で二二〇元（二千八百円ほど）払った。その前日に食べた台湾人の経営する寿司屋ではトロが五切れで三百八十元（約五千円）もとったのに比べてのことである。

この夜も、耕三は余丹と夕食を共にしたあと、独りで《モナミ》へ出かけた。この店には、耕三が深圳に来て最初に知り合いになった二十六歳の李婷がいた。彼女は、あけっぴろげで、思ったことをずばずば言う性格で、たいへん話しやすい女である。また、そうした性格であるから、友人も多く、業界の情報通でもあった。

店が開いたばかりの早い時間に着くと、客はまだ一人もいなかった。耕三が座ると、李婷が自分の客が来たとばかりにやってきて、耕三の隣に座る。その他にも三人ばかり顔見知りの女性が集まってくる。彼女たちは耕三が中国語をしゃべること、また話にユーモアがあることを知っていて、おしゃべりの仲間に加わるためにやってくるのであった。もう一つには、店を去るときは、席に加わった女の子たちへ一様に、若干ではあるが、小費（チップ）を与えることを忘れなかったからでもある。

この晩、耕三は李婷から最近また新しい日本人相手のクラブが開店したことを知った。

「その店から見える夜景がすてきなのよ。二十六階建てビルの二十五階にあって――」

「なんていう店だい？」

「《銀河》って店よ。ここにいた女の子も二人ほどその店へ移って行ったわ」

ホステスの中には店から店へと渡り歩くのがいるという。その二人もそうした女らしい。

「場所はどこ？　ここから近いのかい」

「歩いて五分ほど。《国際商業大廈》っていう、出来て間もないビルよ。行ってみるなら地図を画いてあげる」

李婷はカラオケのリケスト用紙を取り、道順をかいて耕三に渡した。

その翌日、耕三は昼食に、日系のラーメン専門店でラーメンを食べた。二十元（三百円弱）であった。日本人にとっては高くないが、二十元のラーメンは、稼ぎの多くない一般の中国人にとっては、高いと思えるのだが、客のほとんどは中国人であり、繁盛している。もっともその中の大部分が香港人であったとしても耕三には見分けがつかない

食事が終わったのが、一時過ぎであった。耕三はもう余丹が起きている時間だろうと、携帯

に電話をすると、果たして彼女が出た。だが、その声には今まで眠っていたと思われる気だるさがあった。夜の勤めで夜更かしの習慣のついた彼女は、夜が白々と明け始める時間になって就寝し、正午近くまで寝ていることが多いのだ。

「なんだい。まだ寝ていたのか?」

「ちゃんと、起きていますよぅ」

「そうかなぁー。電話で目が覚めたのだろう。ところで、今日は別の物件を見に行くから、三時までに僕のアパートまで来てもらいたいのだけど……」

「わかった。三時ね」

耕三は電話を終えると、百貨店へリビングの窓に吊るす出来合いのカーテンを買いに行った。カーテンを持ってアパートに戻って、三時になるのを待った。三時近くなって、ベランダに出た。そこから見下ろすと、路地があり、そこを通行する人々の姿が見える。余丹が来る時は、三十メートルほど先の突き当たりを左に曲がったところから、この路地に入ってくるのである。視線を上方に移すと、視野に入ってくるのは高層アパート群である。ジェイムス・スチュアート主演の「裏窓」の世界を数倍に高層化した眺めである。路地の突き当たりの後方の高層マンションが余丹が住んでいるという高層ビルの裏側である。彼女がそのアパートの何階にいるのかは知らない。耕三の階とほぼ同じレベルのアパートで、タイツをはいてバレーの練習か美容体操のようなことをやっている若い女性の姿がよく見られることがある。ベランダの下の路地を挟んで反対側はホテルであり耕三の部屋よりも少し高い位置には夜総会（キャバレー）があり、毎夜十二時半になるとラストダンスの時間となるらしく、ドラムやシンバルがひときわ音量を上げる。耕三はその音楽を夢路を辿りながら聞くことがしばしばあった。暫くベランダから外を注視していると、背筋を伸ばし、早足で歩いてくる余丹の姿が見えた。二分後には、余丹によってドアーのベルが外から鳴らされた。余丹をリビングに通して、李婷から聞いた話を伝え、前夜かいてもらった地図をもって二人で出かけた。

アパートから歩いて七、八分で国際商業大廈に着いた。大きなビルである。一階では中華料理店が内装工事を進めていた。ビルは出来たばかりで、入居者を受け付けるデスクが一階のロビーの片隅に設けられていて、若くてハンサムな男が、女の子と二人で並んで腰かけていた。耕三と余丹は受付デスクへ近づいて、声をかけた。

「わたしたちはこのビルへの入居を考えているのですけど、どんな単位で、どれくらいで貸すのか知りたいのですが……」

「ここに平面図があります。最上階と地上階を除く、二階から二十五階までの床面積は基本的には同じになっています。家賃は上層階の方が若干高くなっています。これも借りる面積にもよりますが、大雑把には一平米につき百元と考えてください。この百元の中には、管理費とビル全体の空調費が含まれています。例えば、百平米借りて、家賃は月額一万元です」

アパートなどを借りた場合は百平米で六千元だし、前日にみた《モナミ》の入っているビルでは平米あたりの家賃単価はここの半分以下であった。

「とにかく、ちょっと見せて貰いたいのですが」

「おたくさんは、どんな関係の会社ですか？」

「ごく最近二十五階に飲み屋がオープンしたでしょう。あのような業種です」

「それは問題ですねぇ。事務所のほうでは飲み屋には貸さないと言っていましたよ」

「何故ですか？　現に二十五階で飲み屋が営業しているじゃないですか」

「理由は良く知りませんが、なんでもそんな風に聴いています。詳しくは、二十六階にこのビルの事務所がありますから、そちらへ行って聴いてみてください」

二人が事務所に行って訊ねると、担当社員から説明があった。

「貸しているところよりも、まだ借り手を待っているところの方が多い状態ですから、自分たちで好きな階へ行って見てもらっていいですよ。この平面図に①番から⑱番までの番号がふられていますよね。この番号の振られた区画の単位で、隣あわせの区画を好きに組み合わせて、借りることができます。例えば、ここをL字型にて借りたいとしますと、⑤、⑥、⑦の区画を組み合わせると、総面積およそ百平米のL字型の部屋にすることができます。先ずは見てきてください。借りたい面積と階が決まったら、具体的に話し合いましょう」

耕三と余丹はA４の用紙にコピーされた平面図を手に、先ずは直ぐ下の階の二十五階へエレベーターホール脇の階段を使って降り、廊下に出た。廊下は建物の中心に位置するエレベーターホールを四囲している。その西南の角に《銀河》のネオン管を使った看板が見える。エレベーターホールからだと廊下に出て、左折れし、突き当たりに看板があり、その左側が店への入り口となっている。二人はその前に立ってみたが、昼間のことであるから、ネオンには灯が点っていなく、またドアーも閉ざされていた。《銀河》が占めているこの階の全床面積（エレベーターホールおよび廊下を除く）の四分の一だけに廊下との境に壁が出来ているが、残りの四分の三の部分の廊下の先は屋内と外気とを仕切るガラス窓に達するまで、床面は凸凹の激しい、打ちっ放しのコンクリートである。

二十五階部分の造りは一般の事務所向きの感じではなく、例えば、タワーの最上階の展望室がそうなっているように、外界との仕切りは、ほぼ半間の間隔でならぶステンレスの柱とその間に嵌めこまれたガラス壁で出来上がっているのであった。ここからの近隣のビル群の眺めは、日中でも素晴らしいものがあるから、夜ともなるとさぞかしロマッチックな眺望が楽しめるに違いない。ここからの夜景を眺めながら、姑娘のお酌で酒を口に運び、時折はマイクを握って得意の喉を響かせるならば、これぞ深圳の夜の醍醐味が味わえること間違えなし。とまあ、こうゆう風に耕三には感じられ、このビルのこの階に一目惚れしてしまったのである。余丹は競争相手となる《銀河》と同じフロアーであることに少し懸念を持ったようであったが、ここは耕三が説得に努めた。

「あのねぇ、水商売、それもクラブ、バー、飲み屋の類はね、近くに同業者がいてはじめて、人が集まるものなんだよ。一軒だけ孤立していては、中々客が集まらない。どこでも歓楽街なる場所があって、そこに多くのそうした店が集まっているのには、それなりの理由があるんだよ。《銀河》が傍にあることで、客が半分になるのではなく、同じ場所に二軒の店があることが、両方にとって有利に働くものなんだよ」

耕三から見た場合、このビルからの眺望や、この階の造りが気に入っただけではなく、すでにここに《銀河》がオープンしていることが、彼を惹き付けたのであった。実際、《銀河》なる日系のナイトクラブが存在しない状態で、このビルを見せられたとしたら、彼は恐らくここで店を開くことに二の足を踏んだに違いない。耕三が熱心に説いたものだから、余丹もだんだんとその気になって、最後には同意したのであった。

二人は、その日のうちに二十五階の《銀河》と相対する角にあたる部分を借りたい旨、事務所の担当者に申し出た。ところが、耕三の予定するクラブ(中国での定義は「酒廊」)は問題であるとして、契約の諾否には、副総経理の判断を仰ぐ必要があり、彼女が今日は不在であるから、明日また来て欲しいとのことであった。

翌日、耕三は丁有波に市内へ出てもらって、彼と一緒に国際商業大廈の事務所へ行った。丁君は耕三が深圳に来て、加宮模具加工廠の社員として最初に採用した幹部候補生である。彼は日本語の出来る大卒の中国人である。耕三がもくろむクラブは名義上、彼の名前を借りて設立する予定であるから、不動産賃貸契約も彼の名義で結ぶことになる。

副総経理は出勤してきていた。五十幾つと見える、知的で整った顔立ちの婦人である。頭も良さそうであるが、若いときは、さぞかし美人であったに違いない。今の地位まで出世するには、その美貌が強力な助けになったに違いない。どこの国でもそうした傾向はあるが、階級社会の中国では、美人であることは必要条件ではなくても、絶大なる好条件の一つであるに違いない。

「昨日は出張していまして、失礼いたしました。おたくさんの方では酒廊を開く予定と聞きましたが、それだとお貸しするのは難しいのですが……」

「それはどう言うことでしょうか。現にわれわれの同業者である《銀河》がこのビルに入っているではないですか、同業種の割合に制限を設けようと考えてのことでしょうか？」

「いえ、私どもにはそんな考えは全くありません。早い話が、このビルのテナントの入居率は現在まだ二割程度ですから、業種が何であれ、早く借り手がつくことが望ましいわけですが、このビルにて酒廊の営業許可をとるのは難しいと承知しているからです」

「しかし、《銀河》では現に営業しているではないですか。あの店で営業許可が取れて、われわれがオープンする同様の店に営業許可が出ないことは考えられませんがね」

「《銀河》の営業許可はわたしのところで取得しようとしたのですが、それが難かしかったため、あちらサンで独自に申請してもらっていて、その後どうなったのかはよく知りません。おたくにしましても、営業許可の取得が難しいことを承知で、あなたたちご自身の責任で営業許可を取得していただけるなら、正直いって、お貸しすることにやぶさかではないのです」

「それでは決まりです。わたしたちに、そういう条件でお貸しください」

こうして、国際商業大廈の二十五階、ちょうど《銀河》の向い角の位置に百八十平米のスペースを次のような条件で借りることにした。

一、家賃　（七五元／㎡）ｘ　百八十平米　………一三、五〇〇元
二、空調費（一〇元／㎡）ｘ　百八十平米　………一、八〇〇元
三、管理費（十二元／㎡）ｘ　百八十平米　………二、一六〇元
合計月額　一七、四百六十元
（合計額の日本円換算額は約二二四、四四〇円である）

耕三が丁有波の名義で契約した面積は《銀河》が借りている面積よりも、八十平米ばかり少なかった。家賃が経営上の負担になることを恐れて、少なく借りたのであった。

こうして彼の住む街中のアパートから徒歩十分のところに店を創ることも決まった。余丹は耕三の手伝いをするためと言って《北極星》の勤めを辞めてしまった。彼女は自分は田村先生の秘書だと称して、耕三が決めたクラブ名《織女》を刷り込んだ名刺まで作り、自分の肩書きを勝手に「秘書」としてある。

彼女が《北極星》を辞めてしまっていたから、耕三は仕方なく、《織女》が開店してから支払うつもりであった給料を、彼女が《北極星》を辞めた日から起算して、差し当たり、月額二千五百元（開業の暁には月額三千元とする）を支払うことに取り決めた。月額二千五百元という金額はかなり優秀な大卒の人材に支払う額に相当する金額である。

しかし、これは耕三が支払おうとする月給を決めただけで、実際に初回の月給を渡すのは、当然のことだが、一ヵ月後になる。それで、余丹は毎日耕三のアパートに《出勤》してきては、お小遣いをせびるようになった。耕三が実際に日本円一千万円を現金にて持ち込んだことを知っているからである。先ず、彼女が要求したのは、月給の前払いであった。

「わたしほんとに貧乏なんですから、助けてくださいよ」

「君の着ているものを見ていると、毎回違っているし、それもかなり値の張りそうな洋服を着ているじゃないか」

「今わたしが持っている服はみんな、以前わたしに結婚してくれといったお金持ちのシンガポール人が、中華料理店を開かしてくれたときに買ったものばかりよ。部屋にはその当時買った、すこし流行おくれの衣服が一杯あるけど、最近ではまったく着る物は買ってないわ」

こうした問答をしたのは、耕三のアパートでのことである。余丹は、耕三の座った三人がけのソファに一緒に並んで腰掛け、彼に迫るように近づいて、要求を述べるのであった。今や、彼女は自身の膝先で、耕三の左太腿の外側を圧している。膝詰め談判という言葉があるが、これがそうだとはこの歳になって初めて知った。年若い――彼女は自身の年齢を二十三歳だと言ったことがあった――美女が、あと二年で還暦を迎えようという耕三に二人きりの部屋に於いて、おねだりするのだから耕三に勝ち目はない。結局は、二千元をお小遣いとして渡すことに同意させられてしまった。耕三は隣のベッドルームの洋服ダンスの中から二千元を持ってくると、ソファに座り、二十枚の百元札を余丹に手渡した。彼女はそれを「謝謝（シェシェ）」といいながら、金を受け取ると、それを数え始めた。

ちょうど彼女が半分くらいまで数えたその時だった。耕三は、ワンピース姿の余丹の腰に飛びついていた。左側の手は彼女の腰の後方に廻し、右側の手は、彼女の両足の間に入り込むかたちになった。その途端に、余丹はさっと立ち上がり、両手で数えていた二十枚の百元札を床に投げ捨て、大声で言い放った。

「こんなことをするなら、こんなお金はいらない！」

このような反応を全く予想していなかった耕三は、仰天してしまって、「対不起（ドイブチ）、対不起（ごめんなさい、ごめんなさい）」を連発しながら、床に散らばった紙幣を急ぎ拾い集め、彼女の手に押し付けた。

耕三がこうした余丹の反応に驚いたのは、彼女の媚びるような態度と、中国の年若い女性にとっては、かなり高額の金をせびるには、それなりの男の要求に応じる用意があってのことと内心思っていたからである。例えば、彼女自身の口から、彼女の友達には、旦那をもつとか、おカネで寝たりするものが多いと、耕三に言っていた。一週間ほど前に彼女に連れられていった主に香港人客をあいてのキャバレーでも、彼女の友人である陳紅に紹介されたが、「あの女の場合、五百元でＯＫよ」と言ったのは、他の誰でもない余丹であったのだ。もっとも、彼女はこうも付け加えていた。

「一年ほど前に出遭ったある日本人のおじいさんは、家を一軒買ってやるから、おれの女になれといったが、断ったわ。私の友達は、『なんでＯＫしないのよ。もったいない』と言ったけど、私はいやなの、そういうのは」

第五章　内装工事

中国では、新築ビル内の一画を賃借した場合、床の施工を含む一切の内装工事は、借り手が自分の負担で行うのである。借りない部分との間仕切り工事だけは、ビル側の費用で施工してもらえる。

賃貸契約締結と同時に、国際商業大廈へ家賃の二ヶ月分に相当する敷金を払い込んだ。これからは内装工事を急ぎ、二ヶ月で終えなければならない。というのも、何の商売でもそうであるが、十二月のクリスマス前後がこの商売の最も盛り上がる時季であるからだ。また、ビル側も賃貸契約締結日から最初の二ヶ月間は内装等の準備期間と見做しているから、二ヶ月間は家賃を取らない。

先ずは幾つかの内装業者から見積りを取り、業者選定をする必要がある。耕三はアパートの直ぐ前の道端で新聞や雑誌を売っているニューズ・スタンドから現地の新聞を買ってきて、広告に目を通していった。内装業者が沢山広告を掲載している。但し、広告からはその業者の規模や信頼性、得意分野などは何もわからない。耕三は何れにせよ、先ず三社から見積もりをとることを考えている。最低三社必要と考えている。二社では、確率として二社とも高い業者に当たる可能性が高くなるだろうが、三社であるとかなりその可能性は低くなるだろう。ただ、それは彼の直感がそう教えるだけであって、確率論的にどうなのかは知らない。

最初の一社は、加宮模具製造廠で総務担当の楊国雄の紹介してきた業者に決めて、そこに見積らせることにした。ところで、楊国雄とは、小山大輔総経理が着任して間もない頃、向西村の有力者から依頼されて雇用した広東省出身の四十一才の男である。四十を過ぎて失業していたのだからたいした仕事はこなせないだろうと考え、いわば雑用係でもある総務の仕事を与えていたのであった。

あと二社はどこにするか？　耕三は二社については人の推薦や紹介に頼りたくないと考えた。それは加宮模具の工場の整備時の体験から来ていた。工場の内装工事の見積りを取ったときには、宮城塑膠の総務担当柳嘉永の紹介する業者に見積らせ、更にその対抗として別の業者からも見積りをとるよう指示したのであった。その結果は、両者の見積もりは項目ごとの単価ではかなりの出入りがあったものの、総合計はほぼ同じ金額になったのである。その理由はすぐに判明した。見積りした二つの会社は名称こそ違っていたが、両業者ともに地元の業者であったから、お互いに裏で内通していたのであった。要は何れに発注しても、実質の作業は同じ連中が下請けして、担当するのであった。耕三は二つの見積もりが余りにも接近しているのが気に入らなくて、地元の業者ではなく、少し離れた地域で出合った三番目の業者に見積もらせた。結果は最後に見積もった業者が三割近く安い金額を提示してきたのだった。当然のことながら、工場の内装工事は最後に見積もった会社に発注したのであった。

　こうした経験から、耕三は新聞広告から一社を選び、余丹に電話をさせて会う約束をとった。業者探しをする一方で、耕三は店のレイアウトをあれこれと考えていた。レイアウトがなくては業者が見積りを出すにあたり、基準が不明確で、比較がむつかしくなる。耕三の頭の中には、ある程度のイメージはあるものの、図に描いてみないことには、それでよいかどうかがはっきりしない。この図を描くのが、簡単そうで結構難しい。入口をどこに位置するかは決まった。ドアーを開けると直ぐに中全体が見えるのは好ましくないと思えるのだが、トイレを廃水管口の近くにする必要から、トイレの位置が制約を受けること、更にはバーのカウンターは、耕三の趣味的嗜好から、思いっきり長いものにしたいと考えているから、それとの兼ね合いも巧く付きにくい。カラオケで歌う客の立つ位置をどこにするか、更にはダンスの出来るスペースをどう確保するか、色々と考えては、完成時のイメージ図を数枚の紙の上に色鉛筆を使って描いていった。

　一枚目はカウンターのあるバーの絵である。バーテンダーが立つ背後は鏡張りにし、ボトルを並べる棚を作りつける。長いカウンターの前には五つばかりのとまり木スタイルの腰高のスツールを配置する。カウンターの上部には収納棚を作り、その底部からビールやワイン用グラスを逆さまに吊るす。スツールを配置する床は緋色の絨毯張りとする。照明は明るさを調節できるダウン・ライトを多用する。空間を広く見せるために四角の柱の内向きの部分にはやはり鏡を張り廻らすことにする。

二枚目には、モニターを見ながらマイクを握って歌っている男女のペア、その前が、円形のタイル張りの舞池（ウーチィ）（踊り場）、上部にはミラーボールを置く。その左窓側には数組の客と接客嬢が交互に並んで腰掛けてお酒を飲んでいる光景を想像して描き入れた。

更には、四～六名のグループ客が利用するに便利なソファを三方に置き、低い囲いのあるボックスを二つほど配置した様を絵にした。

耕三のこうした絵をみて、余丹がその出来栄えに感心して、「田村先生の仕事はイラストレーターだったのですか？」と訊ねた。彼は絵を描くことが小さい頃より得意で、小中学校の時代には、彼の作品が教室の壁によく貼り出されたものだった。

内装の見積もりは三つの会社から提出させたものの、結局は加宮模具の楊国雄が推薦してきた業者がいちばん熱心でもあり、元値から一割以上値引きしてきたりもしたので、その温州出身の業者に発注することとした。総額は約三十万元（日本円に換算すると四百二十万円）であった。これで、タイル及び絨毯張り床、天井、四周の腰板張り、棚、カウンター付きバー、男用と女用の二つのトイレ、バー内側の流しとトイレまでの上水と下水の配管、電気配線、照明等を含む内装工事を二ヶ月で完成させることになる。

耕三は内装請負業者の温州装修有限公司へ注文を発すると同時に前払い金として総額の三分の一を現金で支払った。支払条件は、海外の金型の発注者がよく使う方式を採用した。すなわち、発注時に総額の三分の一を、一応の完成時に二回目の三分の一を支払う。残りの三分の一は、完成から一ヶ月以内に問題の有無を確認し、問題がなければ支払う。

この装修（内装）工事を発注したのが九月二十一日のことだった。内装工事発注から二日後、即ち、ビル二十五階の一画を借りる契約を締結してから丁度二週間後のこと、温州装修の現場責任者である蔡経理から耕三に電話があった。

「一昨日お話ししました通り、工事内容の設計については、消防局の許可をとる必要があるのですが、許可を早く出してもらうには、お金を包むのが一番手っ取り早い方法なんです。それで、今日にも四千元を包んで渡したいと考えているのですが、そうさせていただけますか？」

と耕三の同意を求めてきた。日本と違って、共産党一党独裁の役人天国でのこと、役所を相手に事を運ぶには、賄賂は恐らく避けて通れないことなのだろう。そう考えて、耕三はそれに同意した。蔡経理はその日の内に耕三のところへ、四千元を受け取りに来た。

五日後に、深圳市公安消防局から「**建築工程消防設計審核意見書**」なる書類が届いた。審核は審査の意である。その内容を日本語に訳すると、次の通りである。

一、内装工事の際には、不燃材料を採用すること。
二、電源線路は不燃管で覆って保護し、室内には応急照明と疎散指示標示を設置すること。
三、内装工事の情況によっては、現有の消防施設に対し、規範の要求に会わせた調整をすること。

四、三個の手提げ消火器を配備すること。
五、工事竣工後、検査に合格すれば、使用開始可とする。

内装工事の現場責任者である蔡経理（蔡総経理の甥）は、三日にあげず耕三に電話を掛けてきては、こんな風に言うのであった。

「前金として頂いたお金は、資材購入で使い切ってしまい、次の仕事を進めるために必要な材料を購入するお金がなくて困っています。更に二万元を前払いしてもらいたいのですが……今からそちらのアパートへ伺わせていただいて、よろしいでしょうか？」

耕三は蔡経理の要求が、契約書の取決めから逸脱していることは承知している。契約書を盾に取るならば、その要求は撥ね退けることが出来る。そう承知しているから、何回かは、そうして、蔡氏の要求を無視してきた。しかし、相手も然る者で、なかなかへこたれず執拗に攻めてくる。耕三には、工事を遅らせたくないという気持ちがあるのと、業者の立場に立って考えてみると、耕三は素性のしれないアパート暮らしの外国人であるから、仕事はしたが、代金がもらえない事態を避けたい。要はリスク回避のためにも、材料代と称して前金を少しでも多く小刻みに貰っておこうと考えているのだろうから、三度に一度は要求に応じていた。そうする一方、手抜き工事がないよう、耕三も週一、二回は工事現場へ出かけて行った。

ある日、耕三は二十五階の工事現場に入り、二つ並んだトイレが完成しつつあるのに気付いた。ところが、そこに設置されている陶製の便器は、腰掛式（洋式）の便器ではなく、いわゆる人が跨いでしゃがんで使用する類の便器が取り付けられているのを目撃した。この点については、すでに温州装修から見積書が提出された時点で、そこに「蹲式」なる文字を見つけ、耕三は、それを「西式（洋式）」に変更させていたのだが、それが作業者には伝わってなかったようだ。

「夜総会（キャバレー）のトイレで洋式でないものなど見たことがあるか？」と、耕三は不機嫌そうに現場監督の蔡経理に言った。

「すぐ取り替えさせます」

「当たり前だよ。ちゃんと指示してあったよ」

さらに部屋を見て歩いていて、天井のダウン・ライトはあるが、壁のどこにも電気器具用の電源コンセントがないことに気付いた。耕三が書いたレイアウトとスケッチには確かにコンセントの数や位置は指示していたかったたが、クラブであるのだから、カラオケ用の音響機器やテレビはもちろんのこと、冷房機なども使うわけだから、電気配線の際に部屋のあちこちに挿座（コンセント）を取り付けるのは常識と考えていたのだった。そこで、改めて平面図に位置を指定して、十二ヵ所にコンセントを設置させた。

また、既に営業している同業の《銀河》の入り口にはネオン管を使った店名を表示した招牌（表看板）が出してあるのを見て、耕三は自分の店にも、それに対抗できるような看板が欲しいと考え、耕三は化粧品売り場や結婚記念写真業者の手法を真似ることにした。余丹を後ろ向きに座らせ夜空を眺めながら機織りに励む様子を、写真合成にて九十センチメートル幅 X 一・八メートル長さのカラーフィルムに仕上げ、ガラスに貼り付けさせ、これの裏側に蛍光灯を入れて入口の看板とすることにした。また、その上部には、日本語で「**くらぶ・織女**」の文字をプラスチック板から切り出させて、接着材でガラス上に貼り付けることにした。ひらがなの「くらぶ」は中国語にはないので、耕三が手書きし、業者はそれらを彫刻機でなぞることで文字を作った。

日本人相手のクラブは、現在どこの店でもカラオケ設備が置いてあり、カラオケ設備のない店は極めて珍しい。そんな処が、耕三の知る限り、二軒ほどあるにはあるが、それらはクラブではなくバーと称しているか、それともスナックと称して軽食を出していたりして、いわゆる女性が客の横に侍り、酒を注いだり、飲酒のお相伴をしたりし、要望があれば、ダンスの相手をするといった場所ではない。

とにかく、今や世界中の女性の侍るサロンやクラブではカラオケ・システムが不可欠になっている。そこで耕三は、カラオケ設備を余丹を伴って探しに行った。深圳の電気街ともいえる「賽格電子城」およびその近隣の電気器具販売店を隈なく探して歩いた。しかし、全自動のカラオケ設備は見当たらなかった。どうも深圳のほとんどの日本人相手のカラオケ店では、半自動というか、ＤＪの役割を果たす人を置いて、歌の予約が入ると順番に人手にてカラオケの入ったＤＶＤを選び出し、上映しているようだった。耕三はどこかに全自動のカラオケ設備を販売しているところがある筈だと考えた。これについては近く日本に帰る予定があったから、その時に日本でもっと調べてみることにしようと考えた。

余丹が先頃から盛んに「深圳戸口（戸籍）」について耕三にいろいろと話していた。彼女の説明はこうであった。

「深圳で家を買った人は、深圳の戸籍がもらえるの。今度わたしの友だちの黄海燕が――この人には貴方も一度あったことがあるでしょう――あの子が家を買うことになったのだけど、その家の所有者登録に際して私との共同名義にしてもよいといっているのよ。一軒の家につき二人までの共同名義にすることができるからなの。そうすると私も深圳の戸籍を貰うことができるってわけ。彼女は私を共同名義人として登録する見返りに、二万元欲しいといっているんですけどね」

「二万元で深圳の戸籍が貰えることは分かった。だが、深圳の戸籍を取得して、どんな利点があるのだい」

「先ず一つには、パスポートなどの証明書を発行してもらうのに、いちいち私の戸籍のある浙江省へ行かなくて済むでしょう。それに今のままでは、いつまで経っても戸籍は浙江省にあるのだから、深圳の居住証の更新のたび毎に、深圳での勤め場所の証明書を提出しなければならないでしょう。深圳に戸籍があれば、勤め場所の有る無しに関係なく深圳にいることができるのだから」

「そういえば、君、居住証はどうしているの？」

「従姉（あね）のご主人の会社に勤めていることにして貰っているの。これなんかもいつまでも続けている訳にはいかないし、深圳の戸籍が取れるチャンスなのだから、助けてくださいよ」

余丹が助けてくれというのは、二万元くれと言うことを意味するのであるが、耕三としてはこの要求を断り難い。二万元とは日本円にして三十万円近い金額になるが、この金額は金持ちならば何でもない金額であろう。しかし、普通のサラリーマンを続けてきた彼にとっては、可なりの大金である。そして、月額千元そこそこで働いている一般の中国人労働者の場合には、一年間の総収入を超える金額なのである。そんな金額を、余丹は耕三にいとも簡単に出してくれというのである。彼女にそれを出してやる見返りに、耕三は何を得るというのか？　こんな大金を出してやったとしても、先日のように飛びついたりすると、それこそ場合によっては、セクシャル・ハラスメントだと言われかねないのだから。実に割りの合わないことはなはだしいのだが……では、すっぱり断ってしまえばそれで良いではないか！　ああ、それが出きるのならば事は簡単なのだが。耕三は全く彼女を抱くことを諦めてしまったたわけではないのだ。今でも彼女をものにする可能性に望みをつないでいるのだ。耕三はこう考えている。余丹の立場にたって考えると、そう簡単にＯＫする訳にはいかない事情があるのだ。体を与えることが絶対最後の切札となれば、そう簡単に切札を切るわけにも行かないではないか。そこのところの事情を察してやる必要があるのだ。

この日、耕三はこの話には結論を出さないで、あいまいにしたまま余丹と別れた。翌日は、会社の仕事の方も気になっていたので、彼が今のアパートに移る前に住んでいた会社の寮に二日間泊りこんで会社の仕事に熱中していた。また、その間故意に、携帯電話の電源は切ったままにしてあった。三日ぶりに市内のアパートに戻ると、アパートの固定電話が鳴った。余丹からの電話だった。

「全く、どこへ失踪していたのよ！　毎日電話してたわよ。今からそちらへ行くから、アパートにいてね」

電話があってから、数分後に余丹がやって来て耕三のアパートのドアー・チャイムを鳴らした。耕三はソファから立ち上がり、内側の鉄製格子戸を開け、更にその外側のドアーも開け、余丹を中へ入れた。彼女は下駄箱からスリッパを取り出し、靴を脱いでそれに履き替えてから、耕三が座ったソファの隣に腰をかけた。

「何か飲むかい？　椰子汁があるけれど」

耕三は彼女が缶入りココナツ・ドリンクを好んで飲むことを知っていて、こう勧めた。

「それを頂くわ。それにしてもどこに雲隠れしていたのよ！」

「仕事が溜まっていたから。会社の寮に泊り込んでいたんだよ」

「このところずっと、夕食にお付き合いしていたけれど、面倒ならば止しましょうか？　ご馳走ばかり食べ歩いていたのでは、夕食代も馬鹿になりませんものね」

「そうだな、まあ一人の方が気楽かな。君だって、日本食なんかは好んで食べているとは思えないしね」

「それでは夕食については、田村先生、ご自分で頂くようにしてください。それでね、先頃から、お話していた深圳の戸籍をとるための名義人登録ね、黄海燕は今日申請手続きに行くというので、二万元を出してもらいたいのよ。こんなチャンスを逃す訳にはいかないわ」

「手続きにはどこへ行くんだい。僕もついていっていいかい」

「もちろんよ」

これで耕三は二万元相当の日本円をポケットに入れ、余丹と一緒にアパートを出た。出たすぐ近くの雑貨屋にて、日本円を中国元に両替してもらった。深圳には至るところに闇の両替のできる場所があり、銀行で両替するよりも、手っ取り早いだけでなく、換算レートも若干よく、得であった。

二人はタクシーに乗り、黄海燕の購入したアパートのある横崗鎮の政府庁舎へ出かけていった。余丹は黄海燕とそこで合流して、一つの建物の中に消えた。耕三はその建物の入口の前に佇んでいた。

耕三は、この鎮庁舎へついて来たことで、初めて中国の女性は誰もが、「未婚証」或いは「計画生育証」なるものを持たされていることを知った。一人っ子政策に基づき、こどもを生み育てる数を制限するための措置である。余丹などの漢族は一人しか生むことができない。少数民族の場合は二人まで出産することができるのと、夫と妻の両方共に一人っ子の場合も、二人目の子を生むことが認められていると、これは丁有波から聴いたことである。

そうしたことは、ともかくとして、この日も、耕三は余丹に、まんまと二万元を巻き上げられてしまった。今からクラブを経営していこうというのであるから、お金を大事にしなければならない筈であるのに、先が思いやられる。

午後三時過ぎにアパートに戻った耕三は、シャワーを浴びた。夕食には少し早いので、隣のホテルの最上階にある健身坊（按摩室）へ、一つには憂さ晴らし、もう一つには二万元を取られた精神的な疲れをとるために、出かけていった。そこは、彼が身体の緊張を緩め、安らぎの時間を持つことの出来る場所だったからだ。

第六章　開業準備

余丹によると、酒廊（バー、クラブの類）の営業許可は中華料理店などの飲食業の営業許可をとるよりも、もう一段面倒くさいそうで、文化局が絡むらしい。すなわち、衛生局と消防局の他に文化局の許可も取る必要があるとのことだった。

消防関係で、耕三が最初に知らされたことは、ビルの所有者から各部屋にビルが指定する火災警報器を取り付けるよう指示されたことであった。それはオムロン社製の煙に感応して作動するタイプのもので一個一〇〇〇元（一万三千円）もする。これらを四個買わされた。耕三はこれらを自分で、たとえば、秋葉原などで買えば、その半値で買えるものではないかと不満であったが、ビル側がこれでなければならないと言うものだから、やむなく四〇〇〇元を支払った。

酒廊《織女》は、丁有波の名義を借りた「個体戸（ガアティフ）」（個人企業）形態を取ることになる。そして、彼に及ぶ税務上の何らかの影響については、これを田村耕三が裏で補償することに取り決めた。各種許可申請には、丁有波の戸籍謄本が必要となる。彼の戸籍は東北の黒龍江省にあるから、そちらから取り寄せてもらった。

名義上の事業主である丁有波の戸籍謄本が届くと、余丹は先に中華料理店を開いたときの経験から、衛生局の許可をとる必要があることを知っていて、その準備を始めた。酒廊ではあるが、客に飲食物を供する場所であるから、それらを扱う者は、結核などの伝染病などをもっていないことの証明を受ける必要があった。実際のところ深圳等の都会では、結核に感染している若者がかなりいるそうだ。《織女》では余丹と彼女の知り合いの一人が厨房に入る従業員だとして、衛生局で健康診断を受けに行くことにした。彼女達が衛生局へ出かけたときは耕三もついて行った。そして、このとき耕三は余丹が申請書への必要事項を記載しているのをのぞき見して、彼女が本当は二十七歳であることを知った。耕三は真に受けていた訳ではないが、以前彼女は自分の歳を二十三歳だと言ったことがあった。

従業員には健康証が必要である一方、店は店で厨房と上下水道設備に問題がなく、客に飲食物を提供する際に使用するコップや陶磁器類を高温殺菌消毒するためのキャビネット（消毒櫃）を備えていなければならない。耕三は、消毒櫃が店から徒歩十五分ほどの距離にある飲食事業者向けの器具及び材料専門店で販売されていることを知っていたので、そこへ行き、二五〇リットル冷蔵庫とほぼ同等の大きさの消毒櫃を買った。しかし、店はこれを耕三のクラブの入居するビルまで運んではくれなかった。彼はこれまた、アパートの近くで毎日のようにリヤカーでいろいろの物を運んでいる三十台後半ぐらいと見えるかなりインテリ顔の男に気付いていたので、通りで彼を捉まえて、その男にこれを運ばせた。彼がリヤカーを牽き、耕三は消毒櫃が転げ落ちないよう、後方をついて歩きながら、支えていた。十月初旬のことではあったが、その日は太陽が照りつける真夏のような日であった。耕三は汗を拭きふき、リヤカーを牽く男と二人で国際商業大廈のエレベーター前まで運びこんだ。

このように苦労して運び込んだ消毒櫃ではあったが、耕三がテスト使用のつもりで、電源コードをコンセントに差し込み、スイッチをONにしたとたん、それは鈍く「ボン」という音を発しただけで、それ以降何の反応も示さなかった。おそらくは電線が規格外であったか、配線が不適正でショートしたか、部品が不良品であったのかも知れない。耕三は直ぐに店に取って返し、事態を説明し、別の新品と無料で交換させた。しかし、二番目の製品も同じく、数回使用に供しただけで、電熱線が焼けてしまって使えなくなった。そこで、彼はそれを食器収納庫として使うことにし、問屋街からの調達を断念した。元々、耕三が問屋からの調達を優先したには、値段のことがあった。問屋では消毒櫃は七五〇元（九千七百五十円）で販売していたが、同じ容量の消毒櫃は、電気器具販売店での販売価格が九四八元（一万二千三百円）と二割ほど高かったからである。だが、結果は、耕三の何度も経験していた《安物買いの銭失い》に終ったのであった。

妻の入院以降の三年間に及ぶ日本での単身・やもめ暮らしでは、耕三は朝はコーヒー或いはお茶を飲み、パンあるいはバナナなどを食べて朝食とし、昼は会社がまとめて発注していた仕出し弁当を食べ、夜は多くの場合、行きつけの一膳飯屋で食べることが多かった。深圳へ来てからの耕三は、朝はホテルの近くで見つけたセブン・イレブン——中国の人は七・十一と呼んでいた——でパン、蒸した包子（中に具の入ったもので、日本でいう中華まんじゅう）茶叶蛋（茶葉と一緒にゆでた卵）などを食べた。また、ホテル住まいをやめて寮に移ってからは、向西村の工業団地で働く中国の員工（工員）たちがやっているように、朝の通勤時間帯に屋台を引いて包子を売りに来るおじさんから包子を買ったことも何度かあった。数段重ねになった蒸籠の中に温かいパオズが並んでいた。このおじさんから買う顧客は圧倒的に二十歳前後の女工が多かったが、彼女達はパオズを自分で選んで取ろうとする。中にはどれにしようかと迷って手を泳がせるようにしているものもいる。それを見ておじさんが味のあることを言った。

「好看的不一定好吃、不好看的更好吃！（見かけがよいのが美味しいとは限らないよ、見かけがよくないのがより美味しいンだよ！）」

　これらは一個で五角（日本円で七円足らず）の安さであった。

昼は麦当労（マクドナルド）の店や、上田咖啡店、工場の近くの小吃店（小食堂）などで食べた。夜はほとんどホテルの西洋料理を出すレストランで食べることが多かった。

　小山大輔が着任してからは、彼と一緒に深圳の繁華街までタクシーで出かけ、日本料理や韓国料理をたべたりもしたが、週日は寮としたアパートの近くにある小吃店（小食堂）で中華料理を食べたのだが、何を食べるかについてはその選択に悩ましいものがあった。

工場近くで食べた夕食の中では四川料理店の火鍋が一番気に入った。鍋が二つ（或いは三つ）の槽に仕切られていて、一番辛い槽とそれほど辛くない槽があったが、辛いほうには唐辛子が一掴み以上も入っていて猛烈に辛かった。さほど辛くない側でも日本では類を見ない辛さであったから、耕三などは、フウフウ・ハアハアと声を上げながら食べたものだ。鍋の中へ入れる食材は、白菜、ねぎなどの野菜や豆腐や魚や肉といった日本の寄せ鍋の具とそれほど異なることはなかった。こうした店で食べるときは先ずビールで乾杯し、それから老酒に変えて飲み交わしたものだ。

耕三は以前の向西村の住まいから、街中のアパート住まいに変ってからは、朝食のパターンが少し変わってきた。アパートの直ぐ前後には、ホテル群がある。西隣には四つ星クラスの海賓酒店があり、南隣には五つ星クラスのＥホテルがある。前者のキャフェテリヤでは日本式の朝食が五十元ほどで食べられたし、後者の中にあるカフェ・ラウンジは、四階の高さに及ぶ吹き抜けで、半透明の天井を透して外光が降り注ぐ心地よい中庭式である。いわゆるアトリウムと呼ばれやつだ。そこでは朝七時から十時迄の時間帯に、バイキング形式の西洋料理が、七十五元（千円程度）という安さで食べることができた。西洋料理に混じって、味噌汁、粥、刺身なども置いてある。前者は、すばやく朝食を済ませたいときに利用し、後者は、土日祭日などで、ゆっくりとブランチを楽しみたいときに利用した。

朝食をいちばん安くあげるには、徒歩一分のところにあったデパートの地下の食品売り場から食パン、卵、生野菜、牛乳、ジュース、麺などを買って帰り、アパートですこし手を加えて食べた。冷蔵庫やトースターなども買ってあった。飲み物は日本から持参した緑茶や中国で買った烏龍茶を自分で淹れて飲んだ。茶を入れる水は、業者からプラスチック製五ガロン容器入りのものを買った。中国では気をつけないと、こうした水もただの水道水を詰めてもってくる業者もあるときいた。耕三が買っている水は、値段がやすく、五ガロン（十九リットル）でたったの十二元（百七十円ほど）であったから、果たしてどんな水だったか。噂にきく、ただの水道水であったかも知れない。

アパートの近隣には地元の人たちが小吃店とよぶ軽食屋が数多く営業していた。こうしたところでは、各種粥や、麺やチャーハンなどを食べることができた。昼食なども、街中へ引っ越してきたことで選択肢が増えた。麦当労（マイダンラオ）（耕三のアパートからの徒歩圏内だけでも三つのマクドナルド店があった）や肯徳基（ケンダアジ）（ケンタッキー・フライドチキン店で、こちらの店の数もマクドナルドに負けず劣らず多かった）の他にも、一休の烏冬（ウドン）や味千の拉麺（ここのラーメンは十六元から）等があった。また、近くには会社勤めのサラリーマンが多く利用している作りたての温かい弁当を売る店もあった。ここでは、菜（おかず）の数でA、B、Cにランク分けした弁当が買えた。値段は五元、七元、九元となっていた。耕三は何度か七元の弁当を買って帰り、アパートで食べた。これは日本の仕出し弁当と同じ感覚のものだが、おかずもスープも温かいところがよかった。日本の「ほっともっと」などのように揚げ物が主体ではなく、中華式旨煮主体の弁当だった。

深圳の夜では食べることが大いなる楽しみの一つではあるが、その他に、耕三や小山大輔が余暇を過ごすためによく行ったところは按摩（マッサージ）店であった。全身按摩もあったが、脚底按摩と称して足裏を指圧するマッサージ店が到るところにあった。ホテルには大概どんなホテルにもマッサージ室があり、ホテル以外の場所でも、数百メートル歩く毎に「脚底按摩」の看板を見かけるといっても過言ではないほどの氾濫のしようであった。もしかすると加宮模具製造廠の近辺にある交通信号灯の数*よりも多かったかも知れない。

脚底按摩にはその前準備として、プラスチック製の足湯専用桶――二つの窪みが成形されていてそれぞれに片方の足を入れる――にお湯を張るのだが、お湯を入れる前に使い捨てのビニール袋を落とし込んでくれる。これは別の客から水虫などが伝染しないように配慮したものである。お湯はそのビニール袋の中に注ぎ込む。そして、その中に薬湯に使われると同じような褐色の薬液を垂らしこんでくれるところもある。桶の中で両足の足首以下を三、四分温めてから、ふくらはぎから足裏まで按摩してもらうのであるが、足裏を親指で強く押されると、頭のてっぺんまでキーンと響いてきて、思わず悲鳴を上げるほどの痛さである。だが、そのイタ気

---

* 当時まだ信号の数は少なく、それがラッシュアワーの交通渋滞の原因となっていた。

持ち好さが堪えられないのである。指圧を弛めると同時に痛みが消えてゆくのだが、そのとき何だか全身の疲れが外に抜けていくような感じがする。これを一度経験すると、大概の人は病み付きになること請け合いである。

耕三はほとんど一週間に一度のペースで脚底按摩あるいは全身按摩を受けにいった。彼が一番頻繁に通う、アパートの裏のホテル最上階の店では、足裏マッサージと全身マッサージのいずれも施してもらえた。前者は男が担当し、後者はカーテンで仕切られたベッドが三台並ぶマッサージ室にて、二十歳台の女性が受け持った。彼女たちはいわゆる職業訓練所でそれなりのツボや按摩の仕方の教育を受けた有資格の按摩ではなく、この店が、同僚や人形を使って速成指導養成したマッサージ嬢である。耕三のアパートのベランダからその養成の情景を何度か見たことがある。日本の温泉旅館などで呼ぶ按摩さんのようにツボの心得などは当然ない。

それにしても、ここでマッサージに携わる女は、工場での組み立てのような単純作業やレストランでの給仕などの退屈な仕事よりも、手がくたびれるとはいえ、客や同僚とお喋りもでき、時折は客の背中や腰などに立って足踏みすることで手を休めることもできるこちらの仕事を好んでいるように見えた。ここの勤めには早番と遅番があり、早番は昼過ぎから、遅番は夕刻からだ。

マッサージ嬢は指名することもできた。何人かのマッサージ嬢を経験したのち、耕三は広西省出身の二十五歳だという王艶華を指名することが多かった。彼女はもう二年近くもここに勤めているという。

「够不够力（ゴウブゴウリ）？」（強さは足りていますか？）と聞きながら、王艶華は手を抜かない丁寧な按摩をしたからである。その実直さに好感を覚えたのである。耕三が王艶華を何回か指名した頃、彼女はこんなことを言った。

「中国の映画などでは、日本人はいつも悪役になって現れるけど、ここのマッサージを受けにやってくる多くの日本人は、いずれもマナーが良いし、好感を持てる人が多いわ。田村先生ももちろんそうした人の一人です」

「前回こちらへ来たときに話した卡拉ＯＫ店のことだがね。開店したら、この仕事を辞めて、僕の店の方で働かないか？」

「お給料はいくらぐらいになるの？」

「まだ、詳しくは決めていないが、ここでの収入よりは高くなるようにするよ」

「わたしもここで二年も勤めていて、いつまでもこんな仕事を続けたくはないから、田村先生のところへいってもいいですよ。でも、お給料次第ね」

九月末のこと、加瀬社長がマレーシアからの帰りに深圳に立ち寄った。耕三は、加瀬社長の宿泊する星雲閣ホテルのロビーにて余丹と六時に待ち合わせし、部屋から降りてきた加瀬社長に新聞の切り抜きを見せて言った。

「社長、昨日の夕刊で見つけたのですがね、春日日本料理店という店があるらしいのです。私もまだ行ったことがないのですが、どうですか、今日はここへ行ってみませんか？」

「いいよ」

「余丹、この場所わかる？」

耕三は広告の載っていた『深圳晩報』の切り抜きを余丹に見せた。

「ええ、的士(ディシィ)で行くとそれほど遠くない場所よ」

ホテルの玄関口に止まって客待ちをしていたタクシーに乗り込み、走ること十五分ほど、車は目的の日本料理店前に着いた。かなりの広さを持つ店であった。一階の横引きのドアーを開けると、内側右手に小さな人口池があり懸樋から流れ落ちる水が水車を回転させていた。向かって左手半分の壁を背にしたところに長い寿司カウンターがあり、三人の男が中で料理を作っていた。

受付にいた和服姿の女が三人を左側中央のテーブルに案内した。やがて別の紺絣に赤の襷がけ姿の女服務員が緑茶の入った茶碗とお絞りを盆に載せて運んできた。三人がお絞りをつかい、テーブル上のメニューを取り上げ、注文する料理が決まり、顔を上げたときに、捩じり鉢巻をした好男子が寿司カウンターの外の脇に突っ立っているのが、三人の腰掛けたテーブルから目撃された。彼等が店に入ってきたときには、その場所に立っている者はいなかった筈だから、今が今、そこに出て来たものと思われた。

加瀬社長、耕三、余丹の三人が食事おえる頃となると、捩じり鉢巻の男がテーブルにやって来て、「日本からの方と聞いてご挨拶にあがりました。こちらで料理を担当しているものです。今後ともよろしくお願いします」と述べて、名刺を差し出した。「板前長　叶　新治」とあった。田村耕三が叶新治に会ったのはこの日が初めてであったが、彼にはその後意外なところで何度か出くわすことになる。

春日を出て、ホテルへ戻る途中のタクシーの中で、耕三は言った。

「余小姐（ユィシャオジエ）、君の友達が勤めている店が駅の近くにあるって言ったよね」

「ええ、ここからすぐ近くよ。行ってみますか？」

「社長、どうです？　彼女の知り合いの勤めているキャバレーですけど、ちょっと覗いてみませんか？」

「いいよ。どうせどこかで飲むつもりでいたのだから」

余丹がタクシーの運転手に行き先変更を告げた。タクシーは五分後には映画街の傍に来て停まった。余丹がすたすたと円筒形のビルに入っていった。耕三と社長が後に続く。

夜総会（キャバレー）とは称するものの、それほど大きな店ではない。中はかなり暗く、テンポの速い音楽が流れ、数組の客と接客婦のカップルがミラーボールの反射させる派手な光の下で踊っているのが見えた。二人をテーブルに残して、余丹は彼女の知り合いの女の子を探しに行き、間もなくその子を伴って帰ってきた。二十台後半と見えたが、容貌、体形とも悪くない。

余丹の言によると、「全国各地から私こそはと容姿自慢の女たちが集まってきているのだから、深圳の夜に働く女たちはいずれ劣らぬ美女ばかり」だそうだ。確かにこの女——湯小姐といった——も美女の一人である。そこで加瀬社長と耕三はカクテルを女達は氷割の烏龍茶のような飲み物を注文した。間もなく、社長は湯小姐に誘われて踊りに出て行った。耕三と余丹は踊っている二人の様子を眺めていた。そのキャバレーで一時間余りを過ごして、勘定をする段になって、湯小姐がボックスを離れたとき、社長が耕三に聞く。

「あの子は連れて帰れるのかな?」

「大丈夫と思うけど、余丹に聞いてみましょう」

「余小姐、あの子は寝るの?」

「彼女はOKと思うよ。私が交渉しましょう」

彼女は立っていって、二人でなにやら話をしていたが、余丹が戻ってきて、

「五〇〇で話がつきました」と言う。

我々は三人で先に帰り、湯小姐は、後ほどホテルの社長の部屋を直接訪ねて行くことになった。

翌日、社長が耕三に言うには、「昨日の女はよかったよ!」とのことだった。社長は三日滞在して、東京へ帰ることになっていた。耕三も同じ飛行機で一度日本へ帰ることにした。バス

ポート有効期限が迫っていたのと、日本での掛かり付け医に高血圧の薬を処方してもらう必要があったからだ。香港国際空港へは、それまで一度も使ったことのなかった深圳のホテルから空港までの直通バスを利用することにした。ホテル前を八時に出発した。ところが香港側の入管が予想以上に込んでいて、時間が掛かり、香港空港発十一時の東京行きにやっと間に合う、きわどいタイミングだった。

一九九八年に出来た香港の新しい国際空港から深圳市の入国口へ到る経路と交通機関には、幾つかの選択肢があった。一つが最もオーソドックスな鉄道を使う方法である。当時まだ地下鉄が九龍鉄道駅とつながってなくて、途中タクシーまたはバスで乗り継ぎの必要であった。また、羅湖の入管での混みようは、これまた日によって異なった。空港からは直通のバスも運行されていたが、深圳市の手前から渋滞していることがあり、混雑の度合いが時間帯により異なるため、こちらも所要時間が読めなかった。鉄道、バスの他に、地下鉄からフェリーターミナルまで行き、そこから船に乗り、珠江を遡行して蛇口港から入境する方法があった。これは少し遠回りな方法であったが、利用者が多くなかったから、蛇口の入管通過にほとんど時間が掛からない利点があった。耕三はいずれの方法も試してみたが、地下鉄が九龍鉄道に連結するようになってからはほとんど鉄道を使った。

日本の自宅へ帰った田村耕三は、会社にも顔をだしたり、血圧の薬を貰うために、掛かり付けの医院で半年振りの血液検査を受けたりした。また、パスポートを新たに申請し、パスポートが取得できるまでの間を利用して、業務用カラオケ機器について調べた。日本の家庭用カラオケ機メーカーや音響関係の会社に問い合わせた結果、日本の音響機器メーカーＰ社の香港事務所が日本製の機器の組み合わせをシステムとして販売していることが判明した。

Ｐ社では、最新式のカラオケ・システムを香港で既に販売していた。そのシステムでは、基本パッケージとして、八、三四四曲（その内訳は広東語の歌曲二、八六一、北京語のもの一、七五五、台湾語二〇一、英語一、一一五、日本語二、〇〇〇）を包含しており、それに追加オプションとして八、七二七曲の日本語の曲が用意されていたから、日本語の曲は実に一〇、三二七歌曲が入っていた。音楽・歌詞・字幕はＣＤ－ＲＯＭから、背景の映像はＤＶＤから再生される方式を採用していた。

耕三は二週間の日本滞在から深圳へ戻る途中、この日系の音響機器メーカーの香港事務所を訪ねた。同事務所はそのカラオケ・システムを香港では売り出していたが、中国については検討中で、まだ中国へは出荷していないとのことだった。しかし、耕三の方で香港での受け渡しという条件でよければ、そのシステムを出荷することもやぶさかではないとのことであった。そこで、耕三は加瀬精密の香港事務所を受け渡し場所とし、品物（機器）は彼の方で深圳に持ち込み、《くらぶ織女》で使うことにした。ただ、このシステムの価格はかなり高価なものであった。品物は二つの機器からなっており、その一つがカラオケ・コントローラーでもう一つがＤＶＤ／ＣＤ‐ＲＯＭ自動切換機であるが、これの価格が一括払いの六〇、〇〇〇香港ドル（約百万円）で、その他にソフト代というかハードディスクに記録されたデータは貸与（レンタル）となり、月額一、三〇〇香港ドル（約二万二千円）の使用料を毎月請求するという条件になっていた。全自動カラオケ・システムの入手については、こうしてほぼ目途をつけることができた。

耕三は深圳へ戻ると、余丹、丁有波との三人で《織女》の営業許可申請に着手したが、ことは簡単には運ばなかった。先ずは、余丹が中華料理店を開業したときの経験に則り、市の役所へいった。そこでは諸々の事業の営業許可申請者が列を作って並んでいた。その列に並んで待つこと小一時間やっと余丹の番になり、窓口で必要書類を教えて貰おうとするが、この窓口は申請書の受付窓口であって、問い合わせ窓口ではないと、一言のもとに突き撥ねられた。

一方、会社の総務担当の楊国雄にも手助けを依頼した。その男もいろいろと問い合わせをしてくれたが、全く要領を得なかった。耕三は考えた。これは事務手続きの問題だから、弁理士に依頼すべき事柄の筈だと。彼は朝刊を買い求め、その中の広告に目を通していった。すると、果たしてあった。《役所への各種許可申請手続き代行——汪円満律師》と書いた広告が載っていた。「律師」とは弁護士のことである。

翌日、耕三は丁有波と余丹を伴って、その弁護士の事務所を訪ねた。先客があり、一時間近く待たされた。耕三たちが面談する番になり、丁有波と耕三が汪氏に目下の状況を説明した。汪氏はただ肯きながら聞いていた。最後に余丹が短刀直入に訊ねた。

「手続きの代行をお願いするとすれば、如何ほどの手数料をお支払いすることになるのでしょうか？」

「酒廊の営業許可取得にはいろいろ難しいことがありますので、五万元の手数料を頂くことになりますが、その半分は前払いしていただかなければなりません。但し、この前払金は、許可が取れなかった場合はもちろんお返しするものです」

この条件で、耕三は手続きをこの弁護士に依頼することに決め、翌日二万五千元（日本円で約三十五万円に相当）を持参して彼に支払い、受領証を受け取った。耕三も余丹も、これで営業許可取得問題は早晩解決する筈だと考えた。


内装工事は着々と進んでいる。この調子でいけば、十月末に工事は完了すると思われた。そこで、耕三はソファの見積取りと、発注を急ぐことにした。内装に続いて、ソファの業者も加宮模具総務担当の楊国雄が見つけてくれた。工場から車で十分も行ったところにソファ・安楽椅子類を作る専業者である精練達家私*有限公司があった。耕三は楊氏と一緒にその工場を見

＊「家私」は家具、家財の意味。

に行った。香港系の会社で、品質面でも信頼が置けそうであった。社長が耕三たちに応対した。耕三はＡ４サイズの用紙にソファ、椅子、等の種類、数を図示していたが、ここの社長の言うには正確な寸法を測ってから、見積もり金額を算出したいと言い、その日の内にその社長と助手の二人で寸法を取りに《織女》の工事現場へ来ることになった。ソファは布覆いとすることに決め、耕三は柄の見本帳を捲って、茶系統の地に、紺の横縞の入った、地味な和服の帯にでも似合いそうな生地を選んだ。茶机（センターテーブル）は上面がコーヒー色の十二ミリ厚さの半透明ガラス板、それを載せる下の架台は木製とすることにした。以上の他に長椅子、方形スツールも精錬達に発注して、契約合計金額三六、四六〇元（約五〇〇万円）に対し、前払金（訂金）一七、〇〇〇元を支払った。

注文品の内訳は次の通りであった。

品目	用途	数量	単価	総額
一、ソファ（沙発）	コーナー用（転角位）	五個	単価　八七〇元	総額四、三五〇元
	三人掛け用（三位）	二個	単価　二、〇三五元	四、〇七〇元
	二人掛け用（双位）	十四個	単価　一、三五〇元	一八、九〇〇元
	一人掛け用（単位）	二個	単価　六七五元	一、三五〇元
二、茶机	（茶机）　大小四種	七個	単価　六七五元	五、四三〇元
三、四人掛け長椅子	（排椅）	一個		一、七二〇元
四、方形スツール	（小方）	四個	単価　一六〇元	六四〇元

これらの家具は十一月十日までには納入してもらえるとのこと。耕三はここで、残りの作業を整理してみた。最も重要なのが、営業許可を取得することであるが、この件については、既に、汪弁護士に前金まで渡して依頼してある。すると、後は何だ？

カラオケ設備が必須であろう。これは高価ではあるが、日系音響機器メーカーのものを使うことにするとして、香港から深圳へ運ぶ手段を講じなければならない。手で提げて持ち込むには重過ぎるから、車で運ぶことになるが、運送業者に依頼することはできない。それだと、輸入手続が必要となり、許可申請、関税の支払い等の面倒が発生するし、第一お金がかかる。耕三は車の何処か、例えば後部座席の下などに隠して運び込むつもりである。ソファー・メイカーの社長は香港人で彼は毎日のように車で香港―深圳を往復していると聞いた。断然彼に頼むことにしよう。

彼の言によると、入境の際、これまでトランクを開けさせられたことは一度もないとのこと。敬三は、精錬達家私の社長に次のように言ってお願いした。

「品物はわたし自身が御社の香港事務所へ持ち込みます。社長さんの車のトランクに入れさせてもらい、私がその車に同乗します。社長さんもおっしゃっての通り、よっぽどのことがない限り、入境の際にトランクを開けさせられることはないでしょうから。しかし、万一、トランクが調べられた場合は、私が責任をとります」

カラオケ機器はこうした条件で香港から深圳へ運んで貰えることになった。

内装工事が完了して初めて気付いたのだが、契約面積は百八十㎡となっていたものの四方を囲って出来上がった店の床面積は百三十㎡しかなかった。これでは、十五～十八名のホステスを働かせ、同数以上の客を遊ばす場所としてはいかにも狭苦しい。更衣室として造った部屋も採用予定人数分のロッカーを入れるだけの広さはないようだ。更には、飲んで、歌って、踊るだけではなく、《モナミ》にあるようなマージャンあるいはカード遊びに使える部屋も欲しい。また、他店にあるような楽屋裏的部屋がなければ、耕三自身が落ち着いていられる場所がない。やはり銀河が借りていると同じ面積を賃借すべきなのだろう。耕三は既契約の百八十㎡に連接するスペース八十㎡を追加に借り上げることにした。保証金を積み増し、家賃が一万三千七百元であったのが、五千八百元増加して一万九千五百元となり、追加の水電費、空調費、管理費として更に家賃の二割方の負担増の必要が生じるが、これで十分な広さの更衣室、耕三の主として使う事務室および麻雀、カード遊びに使える娯楽室が確保できる。

内装は先の温州装飾に依頼した。こちらの内装工事も十一月末にはほぼ完成する。追加に借りた場所の更衣室に充てるスペースには服務員が使用するロッカーを並べる。事務所には机と椅子を二組、小型冷蔵庫、それにテレビを置くつもりである。娯楽室は二つに仕切って麻雀卓を用意する。さらに窓際にはあまりアルコール飲料を嗜(たしな)まない客を想定して、ソフトドリンクを飲んでいただき、夜景を楽しむと同時に小姐との談話を楽しめる場所にするつもりであった。この娯楽室の間仕切りは、先の内装業者に頼むのではなく、加宮模具工場の従業員の一人で、以前内装業で働いた経験のある器用な男に日曜大工的に請け負わせることで費用を抑えた。

第七章　違法行為

耕三のアパートのある大楼から外に出て、北面する入口の前の路地を東に三十歩ほど行くと、その大楼の東壁を背にして小売店が五、六軒ならんで建っている。日常雑貨店、プラスチック製家庭用品店、果物・雑菓子販売店、生花店などであった。それらの小売店とは路地を挟んで反対側にも、同じような店が並んでいた。その中の一つに、よろず修理を引き受ける年若い男がいて、故障した電器製品、主としてテレビ、の修理や靴のかかと直しや鍵明けを引き受けていた。耕三はここのアパートに住み始めて間もなく、何度もこの男の世話になった。

最初はテレビが映らなくなったときのことである。先住者の買ったテレビを重宝しながら毎日のように何時間も視ていたのだが、突然画面がポッというそれ程高くない音を発して消えてしまった。彼は自分でテレビの後方を眺め回していたが、時間の無駄と判断し、路地裏の男に出張（といっても四、五十歩の距離に過ぎない）での修理を頼んだ。テスターと道具箱を持ってやってきて、故障箇所をすぐ見つけ出し、部品を一つ交換するとテレビは映るようになった。五十元支払った。次いで、ドアーの鍵で世話になった。アパートのドアは一度閉めると、内側からはロックを回転してあけることができるが、外からは鍵を差し込んで廻さないと開かないタイプのものであった。外出するとき、鍵を掛ける必要がないが、鍵を持たないで外にでると、自分を閉め出してしまうことになる。そして、耕三は二度も自分を閉め出してしまった。いずれの場合も、真っ直ぐによろず修理の彼のところに駆けつけた。

彼は針金とビニール袋――あのスーパーで買い物したときにくれるやつ――を二枚ほど持ってやってきた。ビニール袋を針金で鍵穴に丹念に押し込み、穴にビニールが詰まると、それを針金で捏ねて、僅か五分で開けてしまった。これがピッキング術なのだろうが、こうも簡単に鍵が開いてしまうのでは、いつ空巣に入られても怪しむに足りないと思った。だが、耕三が隠した日本円はまず見つけられることはないと確信していた。

路地裏の雑貨店の商品で、耕三の目を引いたのは保険套（避孕套）である。ある日、この路地を余丹と連れ立って歩いていたとき、彼女は『避孕套有ります』の手書き看板を見て、耕三を振り返り、ニヤッと目配せしたことがあったからである。この界隈にはホテルとアパートが多いものだから、夕方になると、一見それと判るストリート・ガールが出没するのだが、彼女達が利用することが多いのであろう。ただし、ここ深圳の街娼は、欧米の様に厚化粧の歳をくった化け物ではなく、大学生のアルバイトなどと称する若い女性が多い。

耕三が行きつけの日本食レストランでは、ＮＨＫのＢＳ放送が見られた。ある日、番組の中で、日本のどこかの大学の教授が中国へ調査に訪れていて、通訳と一緒に取材中であった。その教授が通訳に言った。

「ここにいる人たちはみんな若い人たちばかりですね」

「ええ、年寄りは先生と私だけです」と通訳が答えた。

その日本から来た教授は六十歳台位に見えた。一方、自分を年寄りだといった通訳（この人は中国のどこかの大学教授らしかった）は五十歳台位の男であった。

中国の勤労者層は圧倒的に若者が多い。その中国の中でも、深圳は更に若者の比率が高い都市である。女では二十歳後半だと少し年増、いや大年増とさえ呼ばれかねないほどである。耕三は独り暮らしの気軽さから、運動もかねて、アパートの近辺を西へ東へとよく歩いたが、歩いていて、何度か若い女性に声をかけられた。ある日の午後、耕三がそうした散歩からアパートのある大楼の前まで戻ってきたときだった。建物の入口へ向かって五段ばかりある階段を上り始めたとき、小柄で清楚な、擦れ違うならば、ハッと振り返るほどの可愛い女性が彼に小声で囁くように声を掛けてきた。

「女の子いらない？」

午後ではあるが、日暮れにはほど遠いことから、耕三は一瞬《女の子》とは誰のことだろうと訝りながれ、若い女性を振りかえった。髪はすっきりと切りそろえたオカッパで、化粧は殆んどしていないようだ。白のブラウスに白っぽい地に薄茶の格子縞の入った膝までの厚手のスカートを穿いていた。耕三が、その女をみて、あごで相手をさしながら、

「你（ニィ）（君）？」と聞き返すと、その女（こ）は「対（ドゥイ）（ええ）」と言う。彼は、咄嗟に「多少銭（ドゥオシャオチエン）（いくらだ）？」と聞き返していた。相手は、「四百（スウパイ）」と言う。それで、耕三は「好啊（ハオア）」と応えていた。

　こうして、耕三はこの女性を伴ってアパートへ戻ってくることになったのだが、彼女がアパートに入って、耕三と並んでソファに腰を下ろしたとき、耕三は、彼女に彼が間もなくクラブを開店するつもりであるから、そこで働いたらどうかと勧めたのだった。だが、彼女の返事はこうだった。

「私はそんな仕事につく気はありません。今のこの仕事を二年ほど続けて、お金を蓄えて、故郷で自分の店を持つつもりなんですから」

　耕三は、最初四百と聞いたとき、随分安いことを言うものだなと思ったのだったが、それが相場というものだったのだ。耕三は頭の中で計算してみた。四百でも日に二人の客をとったならば八百になり、月に平均で二十日働くと仮定して、一万六千元になる。深圳の工場で組立工として、あるいは料理店でウェイトレスとして働く出稼ぎの人たちの稼ぎは、一ヶ月に千元ほどのもの、例えば飛び切り美人の余丹に払う月給だって三千元である。ママさんとして雇う、趙文娟には月額四千元を払うことで話がついている。耕三はこう計算してみて、なるほどなぁーと思った。

　シャワーを浴びる。それにしてもこの子の肌のなんと滑らかで美しいこと！　裸になった彼女をくまなく撫でて眺める。ベッドへ移動して、眺め回すが、秘部にもまったくクスミがみられない。ただ、耕三にとって残念だったのは、愛滋病が怖いから――これはお互いさまのことだが――保険套を使用しなければならないことである。彼の物が入っていったとき、彼女は「感覚真好（ガンジエチエンハオ）」と囁いた。耕三はそれを演技から出た言葉とは心得ているものの、彼女のその言葉を聴いて、亢奮の度合いが増すのを感じた。歳は妙齢の二十三歳、黒竜江省瀋陽からの出稼ぎの身であると、ベッドの中で耕三に語った。彼女は帰り際に、「私の姓は沈です。要があるときはこの番号に電話して下さい」と笑顔で言って、携帯電話の番号を残して行った。

耕三はアパートから国際商業大廈まではいつも歩きである。彼はカメラを容れることを主目的として日本で買ったポシェットを肩に掛けていることが多い。カメラの他には現金も容れる。中国の人達はこうした小型バックやショールダー・バッグを携行する場合、誰もが首から襷掛けにする。しかし、耕三はそうした野暮ったく見える持ち方はしたことがなく、いつも片側肩に掛けて歩いている。だんだんとずり落ちてくるので、ポシェットの掛かった側の肩を少し持ち上げ気味にする必要があり、決して彼が考えているほどイキでもなければ、かっこうよくもないが、とにかく習慣でポシェットを肩に引っ掛けて出歩いている。

路上を行く人といえば、年寄りでは、香港人が多いのであろう。香港の年金生活者には、物価の安い深圳にアパートを購入し、こちらで過ごす人が多いそうだ。若いひとは、オフィスや餐庁で働く若い女性が多い。彼女たちのなかには仲良く互いに腕を組んで歩くものも多い。男では遠く新疆などからやってきたウイグル族が、屋台を牽きひき木の実などを売り歩いていたりする。彼らは彫りが深く、色が白いことと、頭にイスラムを表す帽子を被っていることが多いので、すぐに判る。その行商人達の子供なのだろうが、引っ手繰りやコソ泥を働いているものが多い。こうした子供のことを余丹などは「小偸」と呼んでいる。この小偸が一度ならず二度まで、耕三の背後から忍びより、肩から吊り下げたポシェトを後ろから引っ手繰ろうとしたことがある。成功はしなかったものの、もし、この小僧の手に渡っていたら、こどもの脚の方が早く、また持久力があるので、老年に近い耕三の脚力では追いつけなかっただろう。実際になんどか、何かを偸まれた男が大声を上げながら追っかける光景を目撃したこともあるが、引っ手繰りを捕まえるべく協力する通行人はいなかった。不法場所での物売りなどを取り締まる公安をみたことはあったが、彼らが、走って逃げる小偸を追っかけることなどはしなかった。

耕三のアパートから徒歩三分ほどのところに文房具店があった。彼や余丹はその文房具店で、くらぶ《織女》で必要とするいろいろな商品を買った。その一つに筆記用具があった。鉛筆、ボールペン、色鉛筆、油性マーカーなどであった。一番よく使うボールペンも日本の筆記用具の品質の良さをしっているから、日本ブランドのものを選ぶように心掛けていた。

耕三は中国製ボールペンに関しては、それまでに一つ苦い、いや、あきれて笑ってしまうような経験をしたことがあったからだ。ある日、中国を出国しようとしていて、彼にはよくある事だが、ペンを携帯していないことに気が付いた。彼は、出国カードを書くためにボールペンが必要と考え、出入国ビルの売店で、何の吟味もしないで、一本のボールペンを買ったのだった。それを用いて、彼は出国カードに必要事項を、なんとか書き込むことに成功したものの、そのボールペンの寿命はそれまでで、記入が終わった時点で、そのボールペンは頭部と胴体が分解して、バラバラになってしまっていた。こんな訳だから、中国にあっても、文房具はPILOTやMITSUBISHIやTOMBOWを買い求めて使用したものである。しかし、中国では偽ブランドが横行しているので注意する必要がある。

ボールペンから原子力発電所までではないが、中国にはあらゆるものにコピー商品があり、商標侵害があった。例えば、《織女》のために準備した酒やタバコにもコピー商品があった。

タバコは日本にいたときからの習慣で、耕三はマイルド・セブンを愛用していた。これは愛国心から出たものではなく、ひとつには、単に日本にいたときの習慣を惰性的に引きずっていただけなのと、もう一つには日本を出るときや、香港から中国側に入る前には、免税店で一またはニカートンのマイルド・セブンを日本国内で買ったときの半値で買えたから、随分得をした気分になったからである。だから、それらが切れると、最初はアパートを出たところの道端に毎日いて新聞、雑誌、たばこなどを売る移動式スタンドにてマイルド・セブンを買った。

その後、下宿から徒歩十分くらいの距離に卸売りの店が立ち並ぶ一画があり、そこの雑多な商店の中にタバコ専売店が二軒ほどあることを知った。そこでカートン*単位でタバコを買うと、市中の小売店で買うのに比べて半分近い価格でタバコを買うことができた。毎日吸うタバコのことだから、半値となると、通常価格で買うのに比べて、一ヶ月単位での節約額は馬鹿にできない額になる。だから、耕三はせっせとそこへ出かけて行き、カートン単位で買っていた。

ところが何度か通っているうちに、彼は不思議なことに気がついた。店には国産（中国産）のタバコに混じって、外国タバコ、例えばアメリカのマルボロ、フランスのジダン等などが並べてあるわけだが、マイルド・セブンが店頭に見当たらないことがよくあった。当然のこととして、彼は店のオヤジに訊くことになる。

「マイルド・セブンは無いの？」

「ある。ある」

オヤジはこう答えて、客からは見えない場所に置いてあるダンボール箱のなかから、マイルド・セブンを引きだして来るのであった。

このようにマイルド・セブン——これを地元の中国人は《万事発(ワンシファ)》とよぶ——が店頭に見当たらないことが何度かあり、またその価格が市販の一箱単位のものに比べ、差が余りにも大きいものだから、耕三はこれには何か理由(わけ)があるに違いないと遅まきながら考えるようになった。

---

* 中国語で細長いものを数えるときは「条」なる量詞を使う。従って、ワン・カートンは一条(イーティアオ)という。

考えられることは、それは恐らくは偽ブランド品であろうということであった。

彼は、日本を出国時に空港のターミナル・ビルの免税店で買ったマイルド・セブンと深圳の卸売り店で買ったマイルド・セブンを並べて、克明に見比べてみた。印刷の文字の書体や大小に若干の違いが認められた。これが証拠になるかどうかは不明だった。印刷文字の大きさはオリジナルのたばこにあっても時折変えていると思えたからだ。このように外観からはこれといって、不自然、或いは、不出来なところは見当たらなかった。強いて差を見出そうとすれば、日本から彼が持ち込んだタバコのほうがタバコの詰まり方が少し固く締まっているように思えた。

肝心のアジはどうか？　これが曲者で、マイルド・セブンとマルボロを吸い比べると明らかに違いが分るのであるが、マイルド・セブンと偽マイルド・セブン（？）でのアジの差を吸い分けることは耕三にはできなかった。たばこの味なるものは、主として、含まれる香料の違いからくるらしいから、偽物を作るとき本物に使われている香料を分析して、それに近づけることは可能なことと思われる。その後、何年か経過して、中国製の偽マイルド・セブンが日本に持ち込まれたことを、彼は新聞報道で知って、〈やっぱり！〉と思った。だが、中国での偽物は実に良くできていて、タバコなどでは全く真贋の見分けがつかなかった。

見分けが付かないといえば、洋酒がそうである。中国のクラブなどでブランデーを注文すると、ボトルを持ってきて、客の眼の前で開けてくれる。どこから見ても見慣れた本物である。

ところが、香りや味がどう考えても本物ではない。耕三の記憶にある香水を連想させる高級ブランデーのあの香りはどこにもない。案の定、深酒すると、本物では考えられないような頭痛を引き起こす。

だが、これは店が客を騙しているのではないらしいのである。店が酒類卸売り業者に騙されているらしいのである。偽物が外観上は本物と見分けがつかないくらい精巧にできているのと、偽物の種類が多いのである。

最初に述べた偽タバコなどにしても、あれはタバコを専門に作るメーカーでしか、あそこまで精巧なコピー商品はできないと思った。恐らくは中国ブランドのタバコをつくっている工場にて作られたコピー商品なのであろう。もっとも、中国は人口も国土も日本の十倍もあるのだから、日本人などには想像もつかないようなことが起きても不思議ではないのである。そして、中国のようにあんなに多くのコピー商品が横行すると、もうこれはお愛嬌としかとれない。人口が十三億もあると、ワルも日本の十倍いて不思議ではないと思えてくるのである。

店の内装がすべて完了すると、耕三はバーの整備に着手した。耕三は問屋街でアメリカのWHIRLPOOL社製の製氷機を見つけ、これを購入することにした。大型のもので、四、九〇〇元とかなり値の張るものであったが、バーにおける必需品と考えた。同じ問屋で、アイス・ペール半ダース、ビール用足付きグラス、ウイスキーグラス、灰皿等のグラスウェア類をそれぞれ一ダース、おしぼりタオル、ナプキン等々、これらは総て耕三が買い、自ら独りで運んだ。運びながらも、耕三はなんだか腑に落ちない気持ちを抱いていた。何故自分は、異国にあって、徒歩片道十五分もかかる問屋街から国際商業大廈までを、独りとぼとぼと炎天下を歩み、なんども往復しているのだろうかと。彼はそんな自分の行動を訝った。もともとは余丹が彼に店を開かしてくれと依頼し、その資金の半分を出すことにしたのだが、あとの半分を第三者、即ち加瀬社長の出資をあおぐことになったことで、責任が生じ、余丹に任せておくことができなくなった。一方、余丹の方から見れば、彼女に資金を全額渡し、彼女が主体になるのではなく、また、《織女》での自身の地位はママではなく、その次ぎの地位しか与えられていない。従って、主体的に動く必要もないし、またそうすることもできないと考えているようだった。

耕三は余丹の立場が理解できないではないが、自分独りが何故……。何の楽しみがあって——そうだ、何の楽しみがあってだ？　耕三のナイトクラブを出す目的は、この水商売で金を稼ごうと考えてのことではない。彼が苦労を厭わず努力する先に見据えているもの、それは世俗の利益などではなく、もっと、チクショウ、もっと低俗で価値の高いもの、すなわち余丹そのものにあるのだ。彼女をものにすることにあるのだ。だが、果たしてそれは成功する可能性のある挑戦なのだろうか？　彼の直感は成功率を五分五分と教える。その直感が正しいか否か？　何かそれを担保する根拠があるのか？　この点になると甚だ曖昧である。過去の経験では、彼のこの種の試み、すなわち自分が本当に惚れた女を手に入れようとする試みは、すべて失敗に帰している。そうさ、だからこそ、耕三は成功を祈って夢を追っているのだ。過去に一度でも成功したことがあったのならば、今更なにを苦労するものか！　それはもう夢ではなくなるわけだから。そう、それならば、もう挑戦する意味すらなくなるというものだ。俺は妻を亡くしてから間もなく満三年になるが、今では生活上で特に不便、不自由を感じてはいない。だから、再婚などは考えたこともない。では、自分は余丹に何を期待し、彼女から何を得ようと考えているのか？　実は、何も期待などしてはいない。ただ至って単純な動機があるだけである。それは、俺も男と生まれたからには、一度でいいから美人の中の美人と寝てみたい！　ただ、それだけなのだ！　自分にとって美人は、それほどにも値打ちがあり、魅力あるものなのだ！

こんな莫迦バカしいことを自問自答しながら、耕三は国際商業大廈に向かって歩いていた。この近辺には、田舎からの出稼ぎ――といっても物乞いであるが――に来ているらしい爺さん、婆さんが数名見受けられた。彼らは、日本ならば犬の餌を容れるのに使うと思われる、あの手の琺瑯製の器を、金を恵んでくれそうな通行人を見つけると、その者の鼻先へ差し出して来た。彼らは、実に屈託がなく、あどけない顔つきをしている。そして至って明るい。

経済特区である深圳には、他の都市に比べて、特に物乞いが多かった。外国人（一国二制度のもとでの香港人も外国人の範疇に含まれる）が多かったことが、彼らをこの特殊な都市へ惹きつけていたのであろう。外国人が多いということは、一般の中国人に比べ、お金を持っている人が多いことを意味し、金のあるところへは、美女が集まってくるように、物乞いも集まってくるものなのだ。但し、物乞いが多いといっても、美女の数ほど物乞いがいた訳ではない。美女のために金を使うことを惜しまない人――この場合は田村耕三を含む男たちであるが――は多くても、物乞いに金を恵みたがる人は少ないからである。

物乞いの爺さん婆さんは「恭喜発財（ゴンシファツァイ）、老板」とつぶやきながら、器を耕三の胸元へ差し出して来たものだ。「恭喜発財（ゴンシファツァイ）」と謂うのは、正月や祝日などに交わされる「お金が儲かりますように」という意味の挨拶ことばであるが、爺さんが使って意味するところは、恐らく、「お金儲けができましておめでとうございます。わたしにも恵んでください。その御奇特により、もっとお金が儲かることでしょう」ということなのだろう。

いつしか顔なじみとなってしまった恵比須顔の爺さんは、耕三が喜捨しないことを充分承知している筈であるのに、彼を見るたびに性懲りもなく、「ゴンシー・ファツァイ」と唱えながら器を差し出してきた。それが仕事であるから、爺さんとしても止める訳にはいかないのだろう。

ある日、耕三が銀行から当座に使用するつもりの現金を下ろして出てくると、いつもの爺さんが外に待っていて、器を差し出してきた。いつもは無視するのだが、その日ばかりは、小銭、といっても最小限の一角（一元の一〇分の一で約一・四円に相当）のアルミ貨二、三枚を彼の器の中へ投げ入れた。

ところが、これが効いたのである。それ以降、爺さんは耕三を見ても決して器を差し出さなくなった。今度は、耕三が無視される番になったのだった。耕三はその心はと自問してみた。やはり一角や二角を貰っていたのでは、効率悪くてこの商売は成り立たない、言い換えれば、割に合わない。そう判断したということだろう。

丁有波は物乞いについて耕三にこんなことを言った。

「私が田舎からこちらへ出てきたばかりのころ、道端で物乞いする老人などを見て、自分よりも貧乏で哀れな人たちがいるものだと、気の毒に思い、多くもない所持金の中から、いくらか恵んでやっていた。ところが、それを知った友人が、『馬鹿だな、かれらはお金儲けのために物乞いをやってンだ。家へかえると君なんかよりもよっぽど良い物を食べているかもしれないぜ』と諭された。友人にそのように忠告されてから、彼らを見直してみると、彼らはなんだかそれほど困窮している顔つきではないのです」

さもありなん。耕三が毎日のように見た物乞いの爺さん、婆さんは、何となしに物乞いを楽しんでいるようにさえ見えた。昼にはどこかで食事もとるのだろう、道端に腰をおろして、タバコに火をつけ食後の一服を楽しんでいたりするのが見かけられもした。丁君の言ったことが本当に思えてくる。

「彼らは地方の田舎で農業をやっているが、農閑期になると、ああやって深圳へ出稼ぎにやって来るンですよ」

では、彼らがお得意さんとするのはどんな人たちなのだろうか？　どうも外国人や金持ちではなさそうである。そんな人が親切そうに恵んでいるのを見たことはない。やはり丁君同様、田舎から出てきて、都会にて物乞いなるものを初めて目撃して、驚いて分け与えている人たちが圧倒的なのではないだろうか。

もう一つ他に、これは耕三も実際に知っていることだが、外国人や金持ち風の男と連れ立って歩く若い女性を見つけると、彼らは必ずそうしたアベックに執拗に器を差し出しながら追いかけていく。かといって外国人や連れの男が恵んでいるのをみることは稀である。ほとんどの場合、うるさく感じた同伴の女が自身の大事な顧客のそばから彼らを蹴散すために、罵りの言葉を浴びせながらも若干の金を彼らに渡すことが多いからである。こんな情景を目撃した耕三は、若い女性はやはり気が優しいものだ、と感心したりした。

一方、そうした農閑期の出稼ぎとは異なり、両腕が無かったり、片脚、或いは両脚がなかったりする重度身体障害者が舗道や歩行者用陸橋を塞ぐように寝そべって、通行人に喜捨を請うのもよく見かけられた。こうした人は、おそらく、仕事中に事故などに遭い、脚や腕を失ったものと思えるのだが、こうした光景は、中国以外ではあまり見かけなかったように思える。もしかしたら、中国には伝統的にこうした身体障害者に物乞いを強いるような文化が根付いているのかも知れないと思えた。また、本人が逆境にもめげずに、なんとか生きようとしているのかも知れないとも考えられた。

真夏の炎天下に、或いは土砂降りの雨の中で、両腕のない不具者が歩道橋を塞ぐ恰好で横たわり、歩行者の通行を妨げ、歩行者を見つめながら、顎を間断なく揺すって、恵みを請うている。こうした行為はこの者にとって非常に体力を消耗させる重労働であり、苦労であろうが、見る者にとっても大きな精神的苦痛を強いるものである。だが、耕三はこの手の者にも喜捨したことはない。

ただ、彼も一度だけ思わず恵んでしまったことがあった。彼が人との待ち合わせによく使う彼の下宿するアパートのすぐ傍のホテルの前の舗道にて、汚れた服を纏い、乳飲み子を抱いた女が、舗道に胡坐をかいて座り込み、そこに設置されたゴミ箱を傾けて、その中からご飯を手でつまみ出して食べているのを目撃したことがある。この光景を初めて見たとき、日頃は冷酷無情を装う耕三ではあったが、これには憐憫の情を掻き立てられ、ついその女に十元札を投げ与えてしまったのであった。ところが、耕三が二度目に同じ女が同じ赤ちゃん抱いて、やはりゴミ箱から白米を鷲づかみにして食べているのを見たときのことであった。その傍を通りかかった中年女の二人連れの一方が、「假的（ジィアダ）（お芝居よ）」と言いながら、通り過ぎていったのである。そういわれて、女の様子を仔細に観ると、彼にもどうやらそれがお芝居らしいと思えてきたのだった。誰かの食べ残しにしては、ご飯の量は多いし、白すぎるようだった。

また、深圳では、芥川龍之介が八十五年近く前の上海で目撃したと同様の光景を目の当たりにすることもある。芥川が大正十（一九二一）年、大阪毎日新聞社の海外室員として、中国に半年ほど滞在したとき、上海で見たことを「上海游記」に書いている。

それから少し先へ行くと、盲目の老乞食が座っていた。——一体乞食と云うものは、ロマンチックなものである。……ところが支那の乞食となると、一通りや二通りの不可知じゃない。雨の降る往来に寝ころんでいたり、新聞紙の反古しか着ていなかったり、石榴のように肉の腐った膝頭をぺろぺろ舐めていたり、——要するに少少恐縮するほど、ロマンチックに出来上がっている。……この盲目の老乞食も、赤脚仙人か鉄拐仙人が、化けてでもいそうな恰好だった。殊に前の敷石を見ると悲惨な彼の一生が、奇麗に白墨で書きたててある。

耕三が深圳で目撃した盲目の物乞いは、八十五年前に芥川が見たものと寸分違わなかったのである。中国では物乞いにしても、その背後には悠久五千年の歴史があり、百年そこそこでは、その種類や方法は少しも変わらないということだろう。

香港からもってくるカラオケ・システムとは別に、CD-ROMとDVDからの映像を受信するモニター（テレビ）それを更に拡大して見せるための投影機、銀幕（スクリーン）、音響を増福するアンプ、スピーカー、マイク等も必要となる。また、カラオケ設備のほかにも、クーラーや冷凍庫や掃除機等の電気器具も買わなければならない。更には、おしぼり収納器、ファックスなども必要である。

耕三がこれらの電気製品の買い出しを手伝わすために余丹を呼び出すと、彼女は超ミニのホットパンツを穿いて出てきた。それを見た耕三は、大げさに歓声を上げた。

「Ｗｏｗ！　太好看了（すごい眺めだ）！」

すると余丹は、「让你看的吧（あなたに見せてあげようってんでしょ）！」と応じる。

二人でタクシーに乗り込んだのだが、耕三は余丹の隣に座るのを一瞬躊躇したぐらいである。電気店を巡って電気製品をいろいろと買った。重い物は配達を依頼した。小物だけをタクシーに乗せて持ち帰った。国際商業大廈に着いたときは日暮れ時になっていた。エレベーターで二十五階まで上り、店の戸の鍵を開けていて、耕三はふと向かいの《銀河》へ入って行く背の高い男があるのに気付いた。その男は紛れもなく日本料理点「春日」で会った板前長の叶新治であった。しかし、どうしてだろう。まだ開店までには小一時間あるはずだし、《銀河》の看板にだって灯が点っていないではないか？　どうも客として入っていくのではなさそうだ。だが、この謎はやがて解けることになる。


耕三が深圳に初めてやってきてから一年が過ぎた。また、一年で一番心地よい季節が巡って来た訳だ。この時季日本の東京近辺では大体天候が悪いと決まったものだが、ここ深圳では暑くもなく寒くもなく、雨も少ない。雨といえば、ここ三ヶ月で雨に降られた日は、数えるほどしかない。先月、先々月九、十月も三度ほど雨が降っただけである。

《織女》の十二月開店を目指す耕三は、十一月に入るとテレビ、アンプ、スピーカー、銀幕、マイク等を購入したのに続いて、同月十日には香港の音響機器販売会社へカラオケ・システムの代金六万元を支払った。更に十日後の二十二日には、香港から家具メーカーの社長の運転する車のトランクに隠匿してDVD、CD‐ROMプレヤーを深圳まで持ち帰った。音響機器の配線をおえ、カラオケの歌詞の入った映像を映し出すための、銀幕（スクリーン）を天井から吊り下げ、そこから数メートル離れた場所に投影機を設置した。こうして自動カラオケ・システムの設置が完了すると、耕三は余丹に試し歌いをするよう促した。

音楽が流れ、映像が映し出されると、彼女はマイクを持ち、十八番としている鄭麗君（テレサ・テン）の歌を唄った。

耕三は、スピーカーから流れ出る彼女の美声に暫し聴き惚れていた。

店の追加部分の内装工事が完成に近づき、ソファ、テーブル等の家具、設備なども整った。耕三は、宣伝とホステスのリクルートを兼ねて、折りある毎に何処においても《織女》のことを誰彼にとなく告げた。耕三が、《織女》のことを喋ったのは、宮城工業の社長や成形部門の責任者後藤栄一はもちろんのことであるが、その他には、日本食店でのことで、主にウェイトレスたちを相手にしたものだった。日本食レストランが日本人駐在員や出張者の頻繁に通うところであったから、潜在的顧客層に情報が流れやすい場所と考えたからだ。耕三自身も日系人をターゲットにしたクラブへ出かけて行く前には、必ずどこかで食事をしたし、そもそも彼が深圳にこうしたクラブが何軒か存在することを知ったのだって、日本料理店「八重」の店長からだった。

　ところで、日本料理店に働く人たちというのは、店長や板前長などを除くと、後はすべて中国人であった。店によっては、店長も、板前なども中国人で、資金も自分たちで出して、日本料理店を営んでいるところだって幾つかあった。

　その一つが、耕三のクラブの内装工事が間もなく完了するであろうと予想された頃、新規にオープンしたと聞いた店「和膳銀杏」であった。この店の経営は三十歳台後半の夫婦であった。彼らは元、あるホテル内の耕三も一度食事をしたことのある日本料理店で働いていた人たちだった。男の方は厨房で働き、女はウェイトレスとして、働いていたのだが、そこで職場結婚したのだった。男はその店で働くことで日本食の料理人としての腕を磨き、女は自分で勉強して日本語を習得した。そして、二人が蓄えたお金で、今回目出度く、極々こじんまりした店ではあるが、日本食を供する店を出したのであった。耕三はあるクラブの女性からその店のことを聞き知り、そこへ食べに行ったのであった。この場合も情報源は日本人相手のクラブ勤めの女だった。こじんまりした店であった。客の座るカウンターの反対側にそこの店主であり、料理人である男が立ち、魚や肉を焼き、煮物を造り、サラダを作った。ご飯は電器炊飯器で炊き、「保温」にしてあった。奥さん（耕三はその女のことを老板娘（ラオバンニャン）と呼んだ）は註文を訊き、飲み物（冷蔵庫からのビールやジュース）を出し、お勘定を担当した。カウンターは四人座れば満席になった。カウンターの他に四人掛けテーブルが二つ置いてあった。しかし、これらが全部同時に客で占められることは殆んどなかった。

その後、この店は一人の未婚の娘さんを雇って、手伝わすようになった。客の少ない落ち着ける場所であったから、耕三はこの店に頻繁に通い、常連客の一人となった。余丹をつれて行ったことも二度ばかりあった。彼女を老板娘に紹介し、間もなく《織女》を開店することを宣伝のために告げた。

耕三は室橋哲也が店長を勤める「八重」でも、《織女》のことを店長の室橋哲也にも告げ、そこで働くウェイトレスたち数人にも教えた。また、何度か余丹同伴で夕食をとりに行った。ちょうど、その頃この日本料理店で働き出した新顔の女性があった。その女が耕三のテーブルにやってきて、お茶を注ぎ足しながら、

「カラオケ店を始められるのですってね。わたしもカラオケ店で働いていたことがあるンですよ」と大変気さくに話しかけてきた。歳の頃は二十歳台中頃と見えた。目鼻立ちが整い、大層聡明そうな顔つきの女であった。耕三は彼女にすぐ好感を抱いた。そして、出来ればこの女を《織女》へリクルートしたいものだと考えた。

耕三がこの女と面識を得てから、遇うのが三度目ばかりとなった時のことだった。彼女は、四人掛けのテーブル席で食事している二人の男の一人を指指し、「あの人が私のこれです」と

言って、耕三に親指を立ててみせた。耕三はその日本人男性がこの店で食事しているのを何度か目撃したことがあった。どこかの会社の社長らしかった。彼女は日本語が出来、整った容貌と体形を持っているとおもったら、なんと、もうすでに金持ちの男を〈旦那〉にもっていたのだった。

その男の容貌はというと、決して男ぶりが良いとはいえない、いやどちらかといえば若干醜男といった方が当たっていると思えたのだが——。でも、男はやはり顔じゃなくて、経済力だろう。ましてや、彼女の方はというと、その男と結婚してこどもを儲けるつもりではないのだから——。

その後、耕三はこの女、陳雪貞とは何度も料理店などで出くわしたが、彼女はいつも愛想よく耕三に声をかけるのだった。互いに気性の合うタイプだったからだ。

余丹は《織女》でホステスとして使う女の子を招聘（リクルート）するのだと言って、何処からか真横から見るとA字形に見える立て看板を持ってきて、それを国際商業大廈の入口一階の道路に面した場所に据え、机と椅子をビルから借り出して、自分は立て看板の後方に座った。深圳の街中の料理店などがよくこうした方法で人を募集している。彼女は午後の一時頃から四時頃までの三時間ばかりを辛抱強く、一人でそこに頑張っていた。彼女は今や自分に仕事ができたことを喜んでいるのであった。だが、初日には成果がなかった。彼女は翌日もひとり頑張ってはみたものの、ただの一人もリクルートできなかった。

そこで、彼女は耕三に人材市場にて人を募集することを提案した。深圳のあちこちに人材市場なる場所があって、人を募集する企業が場所代を支払って、机を借り、そこへ職を探しにくる人たちと面談することができる。耕三は金型工場で使う技術者の募集の際に利用したことがあるので、人材市場については知っていたが、そうした場所でいわゆる日本で言うところのホステス（接客嬢）を募集することは考えても見なかった。それでも、余丹が本気で提案しているらしいので、耕三は彼女に付き合うことにした。

彼女は、年齢二十以上の女服務員募集、条件は「五官端正」（目鼻立ちが整っていること）と書き出した。日本でも二昔ほど前には、採用条件に「容姿端麗」と記載することがあったが、中国ではどうするのかと耕三は興味をもっていたのだが、余丹の書き出した「五官端正」を見てなるほどと感心した。二人はこうして机の後ろにて面談に立ち寄る求職女性を、午後一時から五時まで待ち続けたのであった。その間二人ほど仕事の内容を聞いた女性があっただけで、この試みは完全な失敗に終った。耕三が予想したとおりであった。

一方、耕三は専ら二つの場所でリクルートを継続していた。一つはクラブであり、もう一つはマッサージ店であった。前者では引き抜きを狙い、後者では転職を唆していた。彼はこの方法で既に、二名の候補者を確保していた。独りはマッサージ嬢の王艶華である。

王艶華は、耕三のクラブ《織女》に来ることを決めると、彼女の弟の王江宏の就職斡旋を依頼して来た。耕三の関係する加宮模具で雇ってくれという訳だった。行きがかり上、仕方がないから、小山大輔総経理に話して、金型の見習い工として雇ってもらった。王艶華はそれ以降ちょくちょく耕三のアパートへ遊びに来るようになった。耕三もクラブ《織女》の準備のための雑用が多かったものだから、それを手伝ってもらったりもしていた。すると、彼女は何か自分が耕三に気に入られて特別扱いを受けていると勘違いしたらしかった。

ある日、彼女は耕三のアパートでテレビを観ていて、彼にキスをして来たのである。耕三はそのキスは受けてはみたものの、特別彼女は耕三の好みのタイプではなかったし、彼女自身が「わたしの体形は肩幅がひろく、腕が大きいところが気に入らないのよ」と指摘したように若干女らしさに乏しかった。こうした理由で、耕三は王艶華の誘いにも関わらず、抱く気にはなれなかった。彼女としてはもちろん耕三の女になることで、特別扱いを受け、お小遣いを頂こうと考えていたことは間違いない。

按摩小姐の王艶華の流儀とは異なったが、やはり何かにつけて、耕三に接近した女は、彼が深圳へやってきて最初に出遭った《モナミ》のホステス李婷であった。十一月の第三週の日曜日のことだった。彼女から耕三に電話があった。

「田村先生、洗濯物が溜まったので、洗濯したいのですが、お宅にある松下の洗濯機を使わせてもらえませんか？」

彼女は先に耕三のアパートへ遊びにきたときに、洗濯機があることに気付き、しっかり記憶に留めていたのである。

「どうぞ、使ってもらって結構だよ」と耕三が返事すると、同僚と二人で一抱えもある洗濯物をもってやって来た。この量だと二回に分けて洗濯しなければならない。それでも洗剤はちゃんと持参していた。

全自動洗濯機が動き始めると、李婷はこんな風に切り出した。

「わたしの弟のことだけどね、田舎へ帰って遊んでいるのよ。田村先生の開業する卡拉ＯＫ店でも一人くらいは男の子が必要でしょう。うちの弟をどんな雑用でもいいから使ってもらえないかしら？　《モナミ》なんかでも一人男の子を使ってますよ」

実は、半年前にも、彼女はこの弟の就職を耕三に頼みに来たことがあった。ちょうど加宮模具が人の採用を始めたばかりのときだった。耕三は、その弟を加宮模具で雇って貰ったのだった。ところが、彼は単調な金型磨きの仕事が気に入らなくて、二ヶ月働いただけで辞めてしまった。

李婷によると、彼は故郷（いなか）に帰り、親元で職にも就かずぶらぶらしているとのことである。半年後の今になって再度、弟の就職先として、今度は《織女》で雇ってもらえないかと耕三のところへ頼みにきたのだった。

田村は、彼女の言う通り《織女》でも女ばかりではなく、一人ぐらいは男の従業員を雇う必要があるとは考えていた。

「うん、雇ってあげてもいいな。でも住まいはどうするんだい。女子の寮に入ってもらう訳には行かないし」

「一部屋あればいいのですから、安いところを私がさがしてやります」

「そうしてもらえるのなら、一月から働いてもらってもいいよ」

こうして彼女の弟を雇う約束をしてしまったのだが、こうなると、耕三は李婷を《織女》のホステスとしてリクルートするわけには行かなくなった。姉弟を同じ店で働かせるのは、別の従業員との関係で好ましくないと思われたからだ。

耕三は、彼女を予定のホステス要員から外すのは少し残念とは思ったが、まあ、業界の動向をさぐるアンテナのように使えばよいと考えなおした。そもそも、国際商業大廈に《銀河》が開店したことをいち早く彼に教えたのは彼女であったのだし、今後ともホステスの動きについてさぐるのには、彼女が適任者だと思った。

《銀河》のママさんが誰なのかを教えたのも彼女であった。

「李小姐、俺はまだ《銀河》へは行ったことがないのだけど、あそこのママさんはどんな女か知っているかい？」と聞いたことがあった。すると、さすが情報通の彼女、即座に答えが返ってきた。

「あそこのママさんは、もと日本料理店『恵比寿』で働いていた叶虹という女よ」

「そう、それなら俺が以前『恵比寿』で見たことのある女かな？　少し痩せ型で日本語の上手な」

「そうよ、その女よ」

――余丹は自分のとったリクルート方法がいずれも功を奏さなかったものだから、数日思案していたが、耕三に独身寮を準備することを提案した。

「田村先生、女の子を確保するには、店で寮を持つ必要があります。アパートを借りて寮にしましょう」

それまで、既存のクラブと按摩の店でリクルートに努めていた耕三であったが、二十名近い人数のホステスをすべてそうした方法で確保するのは難しいとも感じていた。耕三は、女の子の容姿がよくなくては、客を繋ぎとめられないと考えていたから、余丹が採用しようと考えている地方から深圳に出て来たばかりの女の子が、この商売に向くとは考えていなかった。だが、今のところ、引っこ抜きなどで確保できる可能性のある女子は四、五人ほどしかいないのも事実であったから、アパートを借りる案に同意した。

耕三のアパートから徒歩三分ほどにある居民大楼（日本でいうところのマンション）の中の一戸を借りた。そのアパートの中へ、二段ベッドを入れるのだというので、耕三は余丹に付き従って家具販売専門店へ行った。彼女は深圳の街は実に詳しくて、どこにどんなものが売っているかよく知っていた。着いたところは、ベッド、ソファ、椅子、テーブル、等々あらゆる家具を展示販売しているデパートであった。品揃えへの豊富なことと、値段の安いことに耕三は驚いた。そこで、組み立て式の鉄製二段ベッドを三組購入した。マットレスはなく枠にスプリングの網を嵌め込む仕組みになっていた。入寮者は自分の布団（被褥）を自分の費用で購入することになる。彼女達は水道、電気、ガス料金の実費を入寮者で割り勘にして負担する以外は、費用は一切負担しなくてよい。光熱費（水電費）を割り勘にする利点は、一部の者だけが、例えば、長風呂に入り、お湯を使って洗濯をするなどの思慮を欠く行動をとることがないよう互いに牽制し合えることであった。

寮ができたことで、余丹は深圳のバス・ターミナルにて、地方からバスで職探しのため深圳に到着したばかりで、働き場所も決まっておらず、到着当日の宿泊場所すらも確保できていない女性たちをホステスとしてリクルートすることにしたのだった。彼女達の多くは都会が初めての女性が圧倒的に多かった。都会の者に騙されては大変と世話役の引率の下に到着するものもあった。余丹はそうした世話役のオバサンに話を通じ、年若い女性を《織女》のために紹介してもらった。

この方法で、新たに五人の二十歳前後の女性が採用できた。これらの五名と按摩店から転職してきた王艶華が寮に住むことを希望したから、寮のベッドは全部埋まってしまった。これで、既に働くか、働くことが内定している五名をあわせるとホステスの数は十一名となった。このほかにバーの中で働く、男女各一名を加えると十三名の従業員が確保できたことになった。

　あとまだ五名ほどはホステスが欲しかった。さて、どのようにしてリクルートしたものかと耕三は思案していた。しかし、案ずるより産むが易いである。口コミで、先ず二人の女性がやってきた。二人とも以前やはり別の日本人相手のクラブで働いた経験の持ち主であった。更に、彼がよく夕食を食べに行く「和膳銀杏」のおかみさんが紹介してくれた女があり、その女の従妹も、《織女》で働いて見たいと言った。こうして、ばたばたと四人の就業内定者ができた。どうやら、ホステス嬢のリクルートについては余り心配しなくてよさそうだ。


　耕三の当初の予定では、どんなに遅くともクリスマス前夜には開店し、クリスマスを過ぎてから休暇に入り、二〇〇〇年度は正月五日頃から店を再開するつもりでいた。《織女》を開店できないまま、クリスマスが近づいてきた。耕三は自分の作った店で飲むことが出来ないから、深圳へやってきて最初に行き、その後も最もよく通った《モナミ》のあるビルの別の階に新しくオープンしたと聞いたクラブへ遊びにいった。そして、意外な人を見かけたのであった。あの春日日本料理店で板前をやっている叶新治がその店にやってきて、マイクを持って歌っていたのである。

　耕三は、ボックス席に腰をおろし、やって来た女の子に訊いた。

「今歌っている人ね。あの人はこの店によく来るの？」

「ええ、ときどき来ますよ。あの人は《銀河》の老板ですよ」

返ってきた返事は耕三が全く予期しなかったものだった。

彼は正直少し驚いた。えッ？　《織女》と同じビルの同じ階の向い合った場所で、半年前から開店・営業しているあのクラブ《銀河》の経営者が、誰あろう香港系の日本料理店に雇われている板前とばかり思っていた叶新治だったのか？　だが、本当だろうか？　耕三には少し信じがたく思われた。しかし、耕三はつい先日のこと、開店時間前の《銀河》に入って行く叶新治を目撃していたのだから、これでその時の謎が解けたというものだった。

叶新治は、腰高椅子に座し、その椅子が低すぎると言わぬばかりに、長い脚を広げて前方になげだして、気持ちよさそうに歌っていた。歌い終わると、耕三も他の女達も拍手した。ママさんが急ぎ新治のところに小走りにかけより、マイクを受け取り、それをマイクスタンドに戻した。彼は歌も上手だったし、さすが水商売の男、場慣れしている様子が見て取れた。とにかく、耕三からみても、恰好よく、様になっていた。


十一月二十三日、環境保護局の若者三名が水洗い場のチェックに来た。その中の一人が、

「下水の流れが悪いですね。直して下さい」と改善を指示して帰って行った。

これがＯＫになれば、文化局の許可が得られる条件が整ったことを意味するのだろうか？

耕三は開店に向け、飲料メニューの価格表、点歌票（カラオケ・リクエスト用紙）、員工履歴

登記表（社員履歴登録表）、員工守規則（就業規則）などをワープロを使って作成した。

これで準備万端ととのった。後は営業許可の下りるのを待つばかりだ。だが、まだ申請書そのものを提出するまでにも至っていない。弁護士には前払い金を支払ったが、その後文化局への手続きに関する連絡は何もない。一方、楊国雄から聞き捨てならない重大情報がもたらされた。その情報の出所はどこなのかはっきりしなかったが、何でも、「今年に入って法律が変り、十一階以上のフロアーではカラオケ設備を使用する娯楽施設の営業は、火災発生時の危険に鑑み、許可されないことになった」というのであった。

これは実に晴天の霹靂とも言える重大ニュースであった。しかし、確かに有り得そうなことではあった。耕三もカラオケ店で火災が発生し、多数の死者が出たとのニュース報道を何度か耳にしていた。だが、これが本当ならば大いに困る。いや困るどころの騒ぎじゃない。いまどきカラオケ設備のないクラブなんて考えられない。そんな店では集客は不可能であろう。クラブにやってきて遊興にふける客の多くがマイクを握り、歌を唄って自分の歌声に酔いしれるタイプの男性が多いからである。踊るか歌うかのどちらかを楽しみにくるのであって、ただ単にバックグラウンドミュージックを聴きながら、ウェイトレスとおしゃべりしたり、じゃれ合ったりするためにやってくる客などほとんどいない。カラオケのない単なるバーのような場所では日本人駐在員、日本からの出張者、あるいはそうした会社の社員、取引会社の香港人や中国人などはやってこないだろう。それならばいっそ香港系や中国系の夜総会（キャバレー）へ行くことになるだろう。

もしも、この法改正が本当としたならば、耕三にとっては大変なことになる。耕三はすでに国際商業大廈とは三年間の賃貸契約を結んでいるし、内装工事に三十万元（日本円にして四百万円）を費やしている。それが使えないことになるならば、その他のすでに掛けた費用を含めると、自分が準備した資金五百万円はもうすでに無きものに等しいこととなる。

ただ、一方では耕三の店、《織女》の反対側で営業している《銀河》にしても、同じく二十五階であるし、去年ではなく、今年になってオープンしたと聴いている。尤も、今年の法改正そのものが、《銀河》の開店後であったということは考えられる。しかし、ビルの副総経理は、《銀河》が営業許可の取得に苦労していたと言っていた。果たして楊氏の聞き込んできた噂の真偽はどうなのか？

営業許可申請に関しては、耕三自身が文化局に出向いて、問い合わせするとか、申請窓口へ行くわけには行かなかった。相手が民間なら、かまうことはなかったが、お役所とあっては、正式の手続きを踏み、許可を受けての海外からの投資ではないのであるから、外国人が文化局へ行ってどうこう言うことはできない。名義はあくまで丁有波であり、資金も建前上は彼が出すことになっている。余丹は丁有波の雇ったいわば社員である。丁有波は、耕三に請われて名義を貸したけて、このクラブ経営に当たっては、金銭面のみならず、総てについて耕三の責任で進行させている。丁有波の仕事は加宮模具製造廠の営業であり、それ以外にはない。総務担当の楊氏にしても、耕三に頼まれて手伝っているだけで、くらぶ《織女》の営業許可申請は彼の本来の任務ではない。

こうして耕三はジレンマに陥っていた。だが、相手が共産党一党独裁の中国の役所とあっては、成り行きに任せるしか外に仕方がないのだろう。

十二月に入って、俄かに曇り空の日が増えてきた。営業許可の取得の見通しがたたず、今出来ることが何なのかもわからない。ただ、耕三としては、何とかしてクリスマス前には《織女》を開店したいものだと考えている。宣伝用にクラブ名の入った使い捨てライター一千個を発注した。この期間、耕三は二つの依頼先、即ち弁護士と総務の楊さんに、「何とか早くしてください」とお願いするだけだった。

営業許可取得については自分で直接行動を起こす立場にない耕三は、香港へ時折出かけていっては、日系のデパートなどで日本の文庫本を買ったり、日本食材を買ったりした。また、そうした際に、香港から深圳への出入国のところにある免税店で珍しい、或いは高価なブランデーを買った。これは自分が飲むためのものではなく、《織女》のバーの背面の酒類の陳列棚を飾るためのものであった。しかし、免税で買えるのは一度に二本までであるし、また酒は結構重いからそれ以上買ってくる気がしない。従って販売ストック用の酒は深圳にある洋酒の卸問屋から仕入れた。それらはシーバス・リーガル十二年物であったり、ジョニー・ヲオカー黒であったりする。ジャック・ダニエルもあれば、ワイルド・ターキーもあった。カナディアン・クラブ、レミー・マーティン・クラブ、レミー・マーティンXO、マアーテルVSOP、ヘネシーXO、ヘネシーVSOPなどがあった。

その他にはもとより、客が一番よく求めることであろうビールがある。中国で一番人気を博しているビールはハイネケン（中国での呼び名は「生力（シエンリイ）」）、次いで国産の青島。当時日本ではアサヒ（旭日（シイリイ））のスーパードライの人気が高かったのだが、深圳の酒店ではほとんど見かけなかった。ちなみにスーパードライは現地で舒波楽（シュボラ）と呼んでいた。中国語の〈楽〉の発音が〈辣（ラ）〉（ドライ）と同音であるので、意味をそれに掛けたものである。ソフトドリンクとしては可楽（コーラ）、椰子汁（ココナッツミルク）を準備した。

「楊さん、その後何か判ったことはないの？　十二月に入ってからは、《織女》の家賃も発生し始めたし、ママさんや余丹、その外に二人ほどに月給を支払わなければならないのだから、営業許可のあるなしに関わらず、もう開店しようかと思っているのだがね」

「いや、許可なしに開店してはいけませんよ。それだけは絶対にやってはいけません」

「そちらでも、何の進展もないのでは、クリスマス前に店を開くのは無理ですか？　クリスマスを過ぎたら、多くの日本人は正月休みで日本へ帰るだろうから、店を開ける意味がなくなるしね」耕三は無関係の楊氏に愚痴をこぼしていることを承知していながらも続けていた。

「それじゃ年明けまで待つしかないのでしょうか？　この前、楊さんが言っていた、今年法律が変って、十一階以上の場所ではカラオケ設備のある娯楽施設が許可されないという話しねぇ、あれはどんな法律で、何法の何処に記載があるのか調べてもらえませんか？」

「田村先生の方でも、弁護士に申請を依頼していると丁有波から聞きましたが、そちらでもその点については判りませんか？」

「あの弁護士も仕事を沢山引き受けすぎているようで、いつ電話しても、忙しくしていて秘書しか電話に出ないから、様子が判らないのですよ」

耕三が楊氏とこんなやり取りをしたのは、十二月も半ばになったころのことであった。この様子では、どうも開店は新年が明けてからとしなければならないようだ。クリスマス前の開店は無理とすると、年明けには是が非でも、たとえ営業許可が取れていなくても、開店しなければならない。なぜならば、年が明けても開店しないとするならば、毎月の無駄に支払わなければならない経費だけでも三十五万円ほどの金額となる。以下の費用が発生するからだ。

A、　家賃（含む管理費）　一六、〇〇〇人民元（約二十二万三千円）
B、　カラオケソフト賃貸料　一、三〇〇香港元（約　二万円）
C、　給料（女性四名分）　八、〇〇〇人民元（約　十一万円）

二十世紀が終わり、二十一世紀が始まった。巷ではコンピューターのソフトがどうのこうのと姦しかったものだが、時はそんなこととは関係なく、途切れることなく刻み続け、二十世紀はあっさりとどこかへ消えてゆき、二十一世紀がひょっこりとやってきていた。耕三は計画どおり、二〇〇〇年一月六日（木曜日）、くらぶ《織女》を開店することにした。

待ちに待った開店の初日は、ママさん、余丹はじめ、全従業員に早出させ、グループ客にサービスとして出すフルーツを冷蔵庫に準備した。製氷機も運転して氷を蓄えた。また、コップ類と皿類を洗って食器消毒櫃内に並べた。また、おしぼりを湿らせて、手で堅く巻き、おしぼり保温庫に入れた。突き出しとしては、柿の種とピーナツのミックスと魷魚丝（ヨウユィス）（サキ烏賊（いか））を買い込んであった。耕三はこれらが問屋街で量り売りにて買えることを余丹から教わった。これらは日本特有のものと思い込んでいた彼は、中国の問屋で販売されているのに少なからず驚いた。

いよいよ開店の時刻が迫ると、女の子たちを扉の内側に整列させ、初入りの客を待った。そこに並んだ女性の数は十数名であった。ドアーが開き、客が入店すると同時に、「イラッシャイマセ！」の合唱をもって迎えた。また、お客さんが入店すると、ひとりひとりにレイを頭から被らせた。

開店の夜は、ママさんのパトロンである日系企業の総経理が彼女の依頼に応じ、部下を引き連れて大人数（おおにんずう）で乗り込んできたため、店は大賑わいであった。何本もの新しいボトルが開き、カラオケとダミ声の演歌が拡声器から流れ続けた。耕三もその夜は、最初は客を装って、店の一隅に座って酒を飲んでいたのだが、客が増えて座る場所が足りなくなると、事務所の方へ逃げ込んでいた。

女の子たちには、開店祝賀ムードを盛り上げるために、パーティ用のクラッカー、紙ふぶき、笛などを持たしてあったから、笛がなり、クラッカー弾ける音が鳴り渡った。

くらぶ《織女》はこうして賑々しくスタートした。やがて、夜が更け、客が一人去り、二人去りして、最後の客が店を出て行き、女の子たちが後片付けし、掃除機での清掃を終え、店を後にしたときは、既に午前一時を過ぎていた。人通りのほとんど絶えた真夜中の道を、余丹は寮住まいの女五人と一緒におしゃべりをしながら寮に向かって帰路を歩んでいた。方角が全く同じである耕三は、女性の群れの数歩先をアパートに向かってゆっくり歩いていた。

「今日ほどの客の入りようならば、万々歳ね」

「今日は特別で、普段の日はあんなに沢山のお客はこないわよ」

「でも週末には、客入りがいいと思うわ」

ぼそぼそ声ではあったが、女達の亢奮冷め遣らずといった感じの話し声が耕三のところまで聞こえてきた。人通りは全く絶え、時折疾走するタクシーとすれ違うことがあるだけだった。

空には無数の星が煌いていた。そこには銀河があり、その傍にはアルファ星の織女もある筈だった。

翌日の客入りも悪くなかった。その次の日の土曜日は更に盛況であった。その二日後の月曜日には、耕三は日系企業の日本人駐在員宛に、《織女》の開店を知らせる案内状をファックスにて送ることにした。駐在員の名簿はママさんや他の女服務員たちがこれまでの日系カラオケ店勤めで収集していた日本人駐在員の名刺を借り、次のような手紙をファックスにて送信した。その数は数十通あった。


謹啓　明けましておめでとうございます。

新しい年が貴方様にとって幸多き年でありますよう祈っております。

幸せは待っていて降ってくれれば一番よいのでしょうが、やはり自ら探しに行くのがより確実ではないでしょうか？

先ず手始めに、今年新規オープンいたしました高雅な倶楽部《織女》へいらっしゃってみて下さい。

深圳の夜を、星明りの下、ロマンチックに過ごしていただくため、大勢の可愛い美女が貴方様のお越しをお待ちしております。

なお、二〇〇〇年ミレニアムを記念いたしまして、正月いっぱい（中国の春節まで）下記価格から二割引きの特別価格サービスを実施いたしております。

よろしくご贔屓の程お願いいたします。

敬白

記

営業時間　　　　　午後七時半〜午前〇時半
テーブル・チャージ　二五〇元（港幣）
ボトル　　　　　　六〇〇元〜

《織女》開店からちょうど一週間が経過した一月十四日の宵の口のことであった。

「大変で〜ス！　女の子がみんな公安に引っぱられました！」

日本料理店で夕食を食べていた耕三の携帯電話へ、余丹から注進があった。

「直ぐに公安の派出所まで行ってください」

耕三は何事か起こったのか訳が分からないまま、余丹の指示した派出所の門の前まで駆けつけた。そこには余丹の従姉の夫の弟として一度紹介されたことのあった三十歳前後の男が来ていた。その男、趙賢は耕三を見ると、

「さきほどから公安の連中を一生懸命とりなしていたところです。公安の奴等ときたら、どうしょうもない土匪みたいな連中だから、こちらは下手に出るのが一番なんです」

と耕三に耳打ちし、耕三を案内して、建物の中へ入って行った。

裏庭に面した一階フロアーの一画に鉄格子の嵌った部屋があった。ちょうどアメリカの西部劇などでよくみられるような拘置所の中に《織女》のママさん以下の女従業員が鮨詰めの状態で閉じ込められていた。その様子を見たとき耕三は、半年ほど前に加宮金型工場の近くで路上での違法販売をやっていた連中を公安が逮捕し、軽トラックの上に積んだ木製の檻に次々と押し込むのを目撃したときの光景を思い出していた。それはまさに中国映画「芙蓉鎮」の中で見たシーンさながらの拘束の仕方であった。西洋映画ならば、ジャンバルジャンが閉じ込められた檻がそんな風だったと思った。この珍奇な難からただ独り免れていたのが他ならぬ余丹であった。耕三は何故余丹だけが！　と一瞬不審に思ったのだったが、それにはそれなりの理由があった。公安としては、交渉相手となる経営者まで引っ張るわけには行かないという事情があった。

趙賢は耕三に、公安は《織女》の経営者に始末書を書くよう求めていると言った。しかし、耕三には何をどう詫びればよいのか分からなくて、まごまごしていた。趙賢は、何やら公安と談判していたが、暫らくして、義弟との間でどう話し合いがついたものか、女の子たち全員を解放してくれることとなった。

翌日の夕刻、耕三は早目に店に入った。前日とんだハプニングがあったものだから、耕三は念のために早出したのであった。早出当番の女性三名と余丹がもう店にやってきていた。彼女達は、昨夜の公安の酒廊での従業員狩りについて噂話を交わしていた。

「ああやって、暫住証や身份証に問題のある女を見つけては、罰金をとっているらしいわ」

「先日は、《竜宮》でも女の子たちが引っ張られたそうよ」

《竜宮》というのはやはり日本人相手のクラブで、もうかなり以前から営業している店である。その店ならば当然営業許可書を取得して営業している筈の店であった。その店へは耕三も一度だけ客として入ったことがある。

耕三の《織女》への顔出しから、間もなくして、開店前でまだ客のいない店へ、公安の制服を着た二人ずれの男たちがやってきた。彼等は一通の文書を携えてきていた。そこには、

深圳市公安局
特種行業治安管理検査通知書
Rectification Notice of Special Industry Public Security Management

とのタイトルがあった。「特殊行業」とは日本語でいうと「特殊業種」の意で、ここの英語では **Special Industry** と訳されている。このタイトルに続く文面は凡そ次ぎの通りであった。

「二〇〇〇年一月**十四**日に当局の職員を派遣して、**織女酒廊**の治安管理について検査したが、以下のような問題のあることが判明した。ついては、本書の受け取りから、三日以内に是正を完了し、その結果を当派出所へ速やかに報告されたい。期限を過ぎても改めない場合は、法に依って責任者および関係者の責任を追究します。

検査で見つかった問題および是正についての意見

問題　①保安員を配置していない　②?個別従業員??が完全ではない
③ハードウェアー設備が十分ではなく、完全とは言えない
意見　必ず、中華人民共和国《娯楽場所管理条例》の第十三、二十四の
弐条に従い、是正すること。」

右の文書中、太字の部分が手書き部分で、その他は凡て印刷文であった。ところが、その手書きの部分は余りにも達筆で書かれていたため、耕三には一部判読できない文字（上記太字文中《?》で示した三文字）があった。しかし、問題の第一に挙げられている保安員を配備していないことは確かで、もしも本当に条例により保安員の配備が求められているならば、《織女》としてもそうせざるを得ないのだろう。どう手を打つべきか迷っているうちにも、公安局側から次のような提案があった。

①の保安員の問題については、公安派出所の方で手配して派遣してもよい。②については、上記の保安員の派遣受け入れが煩わしいと考えるならば、保安員二名分の月給を《織女》が負担するだけで、常駐するのではなく、こちらからの見回りで対応することも可能である。そして、③の問題については、緊急時の連絡のため、派出所への直通電話回線をひいてもらうことになる。

要は、保安のために、公安局に対して、毎月七千元を支払うことと、直通電話回線を引けと言うことだった。　月々七千元とは、一般の保安員の給料が二千元足らずの深圳にあっては、

高いこと甚だしいとは思ったものの、耕三は公安の機嫌取りの意味でも、やむを得ないと判断し同意することにした。

それから月末までは、波乱もなく、一月六日にオープンしてから一月三十日まで二十五日間休まず営業した。一月の収支結果は、約四万人民元（日本円にして五十六万円）の赤字であった。もっと詳しく述べるならば、売上総額は八万元、材料費一万五千元を引いた売上総利益は六万五千元、経費は、給料総額が二万八千元、家賃（含む水電費・空調費）が二万四千元、その他に大きな費目では公安対策で生じた費用一万八千元と固定資産償却費一万五千元があった。

これは仮定での話であるが、もし、一月も営業していなかった場合の損失は、下記A～Dの通りで、その総額は丁度営業したときと同じ結果をなっていたことになる。

A、家賃　一六、〇〇〇人民元（約二十二万三〇〇〇円）
B、カラオケソフト賃借料　一、四〇〇人民元（約　二万〇〇〇〇円）
C、給料（女性四名分）　八、〇〇〇人民元（約　十一万〇〇〇〇円）
D、償却費（造作、設備等）　一五、〇〇〇人民元（約二十一万〇〇〇〇円）

これならば、儲からずとも、なにもしないでいるよりは、営業していた方が好かったと、耕三は考えた。しかしながら、この営業成績では、当初の目論みであったクラブ経営で儲けるというのは、容易でないと思われた。

二十一世紀最初の年の春節（旧暦一月元旦）は二月四日（金曜日）であった。中国の企業の多くは、その数日前から休暇に入り、二月四、五、六日を挟む前後の十日間近くを春節休暇とする。耕三も早くから帰国便に座席を予約してあった。彼は二月一日に日本へ帰り、八日に深圳に戻る予定を立ててあった。

深圳駐在あるいは出張滞在の日本人の大部分は、この時季日本へ帰るし、店に勤める女の子たちも多くは帰郷する。年一度の里帰りとあって、誰もがその準備に大あらわであった。中国大陸におけるこの時季の大移動は、まことに壮観で、何処の火車站（鉄道の駅）も汽車站（バス・ターミナル）もキップを求める人々や、すでにキップを入手した人々でごった返している。ターミナルの前の広場にいるものは誰もが郷里へのみやげ物を詰めたピンクの格子縞模様の入った大きなビニール袋を携えている。ほとんどが二十歳前後の若者（年軽人）である。

飛行機を利用して帰れるのは、ほんの一握りの金持ちだけで、一般の人は列車（火車）を利用するのであるが、これとて座席を確保するのは容易ではない。飛行機を利用する余丹は金持に属することになる。《織女》に勤める女の中でも、地元広東省出身の者は少なく、長江以南の雑多な地方からの出稼ぎである。例えば、王艶華の場合は江西省と比較的近いが、呉海潮の場合は四川の人であるから、片道数日を要することになる。比較的近い福州へ帰郷する劉群英だって、バスを乗り継ぎ片道二日掛けて帰るという。

「余丹、君はいつ帰るの？」

「私は田村先生の発った翌日の二日の便で紹興の父親の元に帰ります。それまでに家族や友達へのお土産を買わなければならないから大変よ。帰ってくるのは、七日ですから、向こうに滞在するのは五日ほどです。帰りには、継母の連れ子の義妹をつれてきます。彼女にはバーの中で働いて貰うつもりだから」

「その娘年はいくつ？」

「二十五才になった筈。私がもと使っていた部屋を彼女が今使っているから、私は帰っても寝る部屋がないのだから、全くいやになっちゃう」

余丹は更に言う。

「中国人は見栄っ張りだから、家族や親戚のだれかれにみやげ物を持って帰るし、故郷に帰ったら帰ったで、友達や縁者に羽振りのよさを見せたくて、なけなしのお金をはたいてご馳走したりするものだから、一年がかりで貯めたお金を全部使い果たしてしまうのよ。それで文無しになったところで、また都会に戻り、一から出直しとなる人が多いわ」

二月一日の夕刻に、日本の自宅に戻ってきた耕三は、日本で一週間を過ごし、二月八日に香港に入り、同日深圳へやって来た。

くらぶ《織女》は二月十一日（金曜日）に営業を再開することにしてあった。一月三十一日から休暇に入っていたから、十二日振りの開店であった。向いにある耕三たちのライバル店《銀河》も開店していた。旧正月が明けてからは、《銀河》は、エレベーターホールに接待机――パーティでの司会者や教壇の教師の前に据える腰高の机――を持ち出し、その後ろに接待嬢を配置し、エレベーターから降り立つ客を自分の店まで案内するように工夫した。客が《織女》へ流れていくのを食い止める作戦と見えた。

耕三が自分の店に顔を出すため、エレベーターを下りると《銀河》の接待嬢が、彼を客と取り違えそうになったりした。その子は《織女》の服務員などよりはよっぽど美人で、しかも聡明そうな顔立ちの女であった。机の上に日本語学習のテキストを置き、寸暇を惜しんで日本語の習得に勉めているようだった。

耕三は《織女》の女たちにも日本語を勉強させたいと考え、日本食レストランで給仕としてアルバイトをしていた女性に教育を依頼した。彼女は日本政府が「実習」と称する中国からの出稼ぎ労働で日本に何年か滞在した経験があり、日本語がかなりできた。三十歳近いこの女性と契約を結び、一回につき一時間半ほど、店の従業員に日本語の出張授業を実施してもらうことにした。

授業の内容は、ひらがなとカタカナの五十音の勉強から始まり、店での客との挨拶言葉、次いでは店の中でよく使う慣用語を教えてもらった。教授料は、相手（すなわち教師）側の提案に従い、一時間につき十四元とし、毎回の交通費として、往復バス代八元を支払うことにした。

ちなみに、二月は十二回の授業を実施してもらい、十七・五時間教えたものだから、(17.5 hrs x 14) + (12 x 8) = 245 + 96 = 341 となったので、最後の桁を切り上げて、三五〇元を支払った。また、掃除の叔母さんも契約で雇い、毎日二時間ほど働いてもらって、月に三〇〇元を支払った。

この日本語教師も例にもれず、耕三に彼女の弟の就職口の斡旋を依頼してきた。耕三が斡旋できる会社は、自分が勤務する加宮模具だけである。しかし幸いなことに、会社は始まったばかりで現場で養成工を採用する余地はあった。単純労働である金型磨き等の単純作業を試験的にやらしてみることが出来たからだ。彼女の弟も加宮模具で試用することになった。

二月末になって製氷機が氷を作らなくなった。氷の代わりに水が大量に溢れ、バーの内側の厨房の床を水浸しにしてしまった。氷がなくては商売にならない。

「余小姐、氷がないよ。どうしよう」と耕三が余丹に言うと、彼女は、「チーシイーへ買いに行きましょう」と言う。セブン・イレブンで少量の氷が買えることは知っていたが、業務用となると可なりの量がいる。どうなのだろう。耕三はとにかく余丹と一緒にタクシーにて、余丹のいう一軒のセブン・イレブンへ行った。そこでは、一キロ単位（買い物袋一杯）の氷を売ってくれた。どうもいろいろな飲食業者が、ここの製氷機で作った氷を利用しているらしかった。《織女》の製氷機はダウンしたが、この日以降は、氷はこのセブン・イレブンから調達することにした。買出しは李婷の弟李明の仕事とした。

旧正月休み明けの十一日から月末の二十九日まで、十八日間営業し、六万二千五百元売上げ、女の子達へのキックバック（提成）二千三百元、純売上げは、六万二百元、材料費八千三百元、売上げ総利益五万一千九百元であったが、経費合計が八万六百元掛かっていたから、二万八千七百元（約四十万円）の赤字であった。赤字とは言え、営業期間は十八日間であったことを考えると、これは上出来の成績といえた。今後、更に調子を上げて行くならば、三月には黒字基調にもって行くこともできるのではないかと、耕三に大いに期待を抱かせるものであった。ただ、気がかりな点が無いわけではなかった。営業許可がまだ取得できていなかったことである。

ところが、一番のお得意様であるママさんのパトロンのいる会社は、《織女》での遊び代を会社の接待費として処理するため、単なる自家製の収据（ショウジ）（領収書）ではなく、税務上でも経費として落とせる「発票（ファピャオ）」を要求してきていたのである。

「発票」とは公式の領収書のことであるが、営業許可を取得していない《織女》は、発票を政府より購入することができない。従って、営業許可を持つ他者から発票を買ってくる必要が生じた。これはいわば闇での入手であるから、通常ならば購入発票額面額の三パーセントを支払うことで発票が買えるところを、更に五パーセントのプレミアム手数料を支払うことで、他者が購入した発票を譲渡してもらう必要が生じた。一月と二月に支払った発票入手費用が千四百元であった。

三月に入って、耕三は宣伝用のリーフレットを作ることにした。ダイレクトメールに適するよう、Ａ４サイズで三つ折りするタイプのものにすることにした。表の右側の三分の一が折り畳んだときに一番上にくる表紙、その左、中央の三分の一が裏表紙。観音開きにして見る内側は、写真を多く使って、耕三自慢の店の様子を感じ取れるようにし、余丹を主役に扱った写真を三枚使用し、お仕着せのチャイナドレスを身に纏った女の子たちのグループ写真を脇役として配し、写真と写真の空間四ヵ所に日本語による説明文を加えることにした。

日本人向けに日本語で印刷するのであるから、原稿は、耕三が日本から携えてきた日本語ワープロを使って作成し、オフセット印刷が出来るよう台紙に、写真と説明文を貼り込んで出来上がったものを印刷屋に持ち込んだ。印刷屋といっても、先に名刺を作らせた小規模の印刷店であったため、その店の者が言うには、写真はこれでよいが、文章は自分たちで活字を組む必要があるとして、耕三の原稿に倣って、彼ら自身が作り直した。出来上がってきた印刷屋の作った原稿をみると、日本語の写し違いがかなりあったり、漢字部分も、香港で使われているような繁体字があったり、中国本土でしか使われない簡体字が混ざっていたりした。そのほかにも間違えが多かったのには閉口した。校正、再校正の後、印刷のＯＫを出したのであったが、出来上がったリーフレットには、まだ五ヶ所ばかりの間違いが残っていた。たとえばこんなミスも訂正されずに残っていた。「苦**労**を重ねて」は「苦**学**を重ねて」に変っており、「**違**いありません」は「**建**いありません」となっていた。後者などは日本語を理解できない故の間違いである。ちょうど日本で英文のリーフレットやカタログを作らせたときと同様の困難を経験することとなった。

出来上がった印刷物は、日系企業リストを入手して、そこに記載の住所宛に郵送した。この頃になると、耕三の気持ちにも若干のゆとりが生じていた。余丹の月給は三千元に過ぎなかったが、彼女は主役となって切り盛りする店と仕事ができたものだから、生き生きとした様子で出勤している。もっとも、当時の深圳にあって、三千元の月給は、企業にあっては、係長以上、課長のそれに近いものだった。

第八章　内輪喧嘩

余丹は別格として、店の服務員たちの中では、虞小姐が耕三の好みであった。年の頃はやはり二十五、六歳と見た。年齢は身份証を見れば判る理屈ではあるが、彼女の名前虞暁霞自体が偽名だと本人が耕三に教えたぐらいだから、身份証に本当の出生年月日が記載されているかどうかはあやしいとしたものだ。ママさんの趙文娟も偽造身份証を使っているらしかったし、この業種の女性は偽の証明書を使っている場合が多い。故郷の親族や友人には深圳での仕事については本当のことは言っていない筈だ。虞暁霞は某日系企業の総経理の日本で謂うところの「愛人」であった。彼女はその総経理を毎週一度、大概の場合土曜日の夜に引き連れて《織女》へやってきた。この総経理は至極おとなしい男で、フロアーへ出て虞小姐と踊ることはあったが、マイクを握って歌うことはしなかった。いつも窓側のラブ・チェアーに虞小姐と並んで腰掛けて夜景を眺めながら、ちびりちびりと飲んでいた。ちなみに、彼女の三月の給料計算書にある記録をみると、店は彼女の客に対し一、四五〇元（香港ドル）を売上げ、その五パーセント、即ち七三元が虞暁霞にバック（提成）されている。

彼女は店から徒歩だと二十分近くかかるところに一人でアパート住まいしていた。恐らくは毎月決まったお手当を貰っていると思われた。耕三は深圳でのこうした半素人の女を囲っておくために渡す金額の相場がどれくらいなのかは知らなかったが、深圳辺りでの女工やレストランのウェイトレスの一ヶ月の給料が千元そこそこであるところから判断すると、多分、月額四〜五千元程度（日本円で五〜七万円）ではなかろうかと推測していた。

耕三が虞小姐に注目するようになったのは、店が開店してからまだ一週間も経たない頃のこと、彼が加宮模具の同僚数名と一緒に《織女》で飲んだ夜からのことである。耕三のグループのテーブルについていた女性の一人が虞小姐であったが、彼女はふざけて耕三の膝の上に自分のお尻ごと乗っかり、数回上下運動をしてみせたのであった。その虞小姐のオキャンなところが耕三の気に入り、耕三は店内で彼女がそばで相手したときは、よく五十元程のチップを渡した。また、時にはもっと奮発して百元を渡すこともあった。耕三としては、《織女》が開店してからは、ほとんど毎日のように自分の店に顔を出し、他所のクラブへ行くことが少なくなり、夜の娯楽での出費が少なくなっていたからである。

深圳滞在にもかなり慣れてきて、耕三の食事のパターンは工場の傍にいた頃とはかなり変化してきていた。耕三が独りで夕飯を食べるときは、日本食にすることが多くなった。日本料理店は、徒歩圏内に限っても、十軒は下らない数の店があった。頻繁に通う店はというと、三、四軒ではあったが——。

ある夕べ、耕三は近隣にあるデパートの一つの中に新しく開店した寿司屋を見つけた。あれ、こんなところに寿司屋ができたのかと入って行き、握り一人前を註文した。美味であった。食べ終わって、顔を上げてレジの方をみて、そこに叶新治の立ち働く姿を認めたのであった。おや、と思いながら、耕三は新治に近づき、話しかけた。

「この前、『春日』と言う日本料理店でお会いしましたよね。あちらの方は辞められたのですか？」

「ええ、やはり本格的なにぎり寿司を提供するような店を自分でやりたいと思いましたから」

「いま、頂きましたが、日本で食べるような握り寿司で真に結構でした」

今では耕三は叶新治が《織女》の向かいにある《銀河》の老板（出資者）であることを知っているが、そのことについては一切触れなかった。恐らく、叶新治の方も、耕三が《織女》の老板であることは知っているであろう。たが、互いにそういう素振りすら見せなかった。だから、耕三は勘定を済ませると、ただ「ごちそうさま」と言って店を出た。


三月は耕三も毎日のように店に顔をだした。従業員用出入り口から店に入るとそこが更衣室になっていて、突っ切るかたちで反対側のドアーをあけると通路がある。右へ向かうと客を遊ばすサロンで、反対側左へ行くと更にドアがあり、耕三が「办公室（バンゴンシ）」とよんでいるウナギの寝床のような横長の独立した事務室になっている。そこには事務机と椅子が二組壁に向かって並んでいる。一方の机の上にはファックスがおいてあり、耕三が使っている。彼はここで主に帳簿をつけ、在庫管理もやっている。もう一つの机は余丹が服務員の出勤状況や帯客（客を帯同）の記録をつける作業に使ったりしている。机のほかには小型のテレビ及びビデオ＆ＶＣＤプレヤーが各一台、二百リットル容量の冷蔵庫一台、更には冷房機一台もある。

彼は店に着くと、たいていの場合、冷蔵庫の中から自分が買い置きしてあるビールを一缶取り出し、それを飲みながらテレビを視るか、街中で買ってきたＶＣＤ*を視たりすることが多かった。彼の視たＶＣＤの多くは安価な海賊版の映画やテレビ・ドラマであった。

ある日、彼が事務所でテレビを視ていると、サロン側から入ってきた余丹が、

「店に下品なグループがきていて、みんなの前で下半身を露出しながら、歌っているんですよ。ちょっと行って見てきてください」

と、訴えてきた。

耕三がオフィスを出て通路からサロン側を覗うと、なるほど、結構な年齢のオヤジが二人並んで、ズボンのベルトを外し、下着ごとそっくり膝よりも下へずり落とし、陰茎を露出したままマイクを握って歌っていた。それらは勃起しないでダランとぶら下がっているから、いかにもだらしなく、恰好悪いこと甚だしい。耕三はこうしたことが、香港の日本人が遊ぶクラブで

＊日本では直ぐにＤＶＤに移行したが、中国ではＶＣＤであった。

流行っているとは聞いていたが、初めて見る光景だった。普通は世界中何処にあっても、こうした男性の夜の遊び場所では、女性がストリップするのを男性が見て楽しむといったところが多いものだが、それを逆手にとって、客の男が自らの性器を若い接客の女性たちの前で露出してみせることで、女性の性欲を煽っているつもりで、そうすることで自らの一種の猟奇的好奇心を満足させているのであろう。耕三はそう解釈してみたが、それにしてもこれはいただけなかった。

それから、数日後のこと、あるグループ客の一人が、余丹に寝る女の子を紹介しろと逼ったそうだ。それを最初は冗談と見做して、彼女はいい加減な返答をしていたのだが、段々としつっこくなってきたもので、「誰だって口説けば寝ますから、ご自分の腕で口説きなさいよ」と答えてやったと、耕三に報告した。耕三はこの客に関しては反感を覚えなかった。だが、ママさんに交渉を頼もうとするのは、少し安直過ぎるし、虫が好すぎるように思った。

これまでに余丹をつれて、何軒かの日系クラブへ行ったことがあったが、耕三は彼についた女が寝るものかどうかが気になり、女が席を外したりしたときに、余丹に言ったことがあった。

「余丹、先ほどの女が戻ってきたら、あの子が寝るかどうか聞いてみてくれよ」

彼女はまた忠実に耕三の頼みを聞き、その子に聞いてくれて、その結果を耕三に報告した。

「一見(いちげん)の客とは寝ないが、何回か通って馴染みになった客とは寝るそうよ。五〇〇元貰うといってました」

これが当時の深圳のこうした場所に勤める可なり多くの女性の態度らしかった。

店が軌道に乗る様相を見せてきたことで、耕三の店に対する関心は少し薄れてきて、彼は旅行に出たい気分になっていた。もともと、耕三としては深圳にいる間に、主だった観光地を訪問したいものだと考えていた。しかし、実際に実行するとなると容易ではない。最短でも二泊三日の日程は組まなければならないし、中国国内とはいえ遠いところとなると二泊三日では、経済効率を考えるとき、短か過ぎた。耕三が行ってみたいと考えている中でも上位にくる桂林は、その点、深圳から至近距離にあるといえる。深圳は広東省に属するが、桂林はその西隣りの広西壮族自治区内にある。桂林へは、深圳空港から飛行機を利用すると所要時間一時間足らずで到達する。

耕三はもちろん一人でとぼとぼと観光して歩くことなどは考えていない。安全と旅を楽しむことをかんがえると、中国人と一緒に行動するに限る。同行相手としては余丹が理想的なのだが、今の状況下では、彼女は一日だって店を抜ける訳には行かない。それで店の中では余丹に次いで彼のお気に入りの虞小姐に同伴させることを考えた。それに、虞小姐は、たしか江西省出身だった筈だ。

お茶目な彼女は、単に雑談しているだけでも楽しく過ごせるタイプの女である。身体つきは日本の同年代の女性と比べるとやや小柄であったが、深圳辺りで見かける中国人女性としては平均的な背格好であった。中国の食料事情や食生活を反映していたのだろう。米を常食とする粤（広東と広西の地域をさす）の地では人々は小柄であった。彼女は、どちらかというと、すこし痩せ気味で、ぽっちゃり形ではなかった。額が若干オデコのところが愛嬌があって好ましかった。目は窪み気味で小賢しそうな、すばしっこい動きをした。

「虞小姐、僕は桂林へ旅行したいと思っているのだけど、一緒に行かないか？」

「いつですか？」

「次の月曜日、十三日に発って、水曜日十五日に帰って来ようと考えているのだけど」

「週末は休みがとれないことになっているけど、月曜日からなら大丈夫かしら」

「水曜日の夕方には、深圳に帰っているから、月曜と火曜の二日だけ休暇をとればいいよ。僕の方は余丹には出張と言っておくから、君の方は何か口実を作って、休暇申請しておいてよ」

「じゃ、そうします」

話が決まると、耕三は直ぐ近くの航空サービス会社へ行き、航空券を購入した。一人につき、片道料金が五百三十元（二人での合計往復チケット代は日本円にして三万円ほど）であった。

出発前日の日曜日の昼頃、虞暁霞から耕三のところへ電話があった。

「わたし、明日の旅行に提げていくバッグがないのよ」

「俺のところに小旅行向きのバッグがひとつあるから、それを使っていいよ」

「そう、ではそのバックを見に行きます」

「タクシーに乗ってくればいいよ」

彼女は三十分ほどで耕三のアパートへやってきた。だが、耕三の見せたバッグを彼女は気に入らなかった。それで耕三は彼女を食事に誘った。

「わざわざここまできたのだから、食事をおごるから食べていきなよ」

「じゃあ、そうしようかしら」

「隣のホテルの中にある広東料理店でどうかい？」

「いいですね」

耕三は出かけるための準備をしながら、ポツリと冗談交じりに彼女に言った。

「一緒に食事もいいが、君とは一度寝てみたいものだね」

すると彼女は即座にやり返してきた。

「元気？」

「いや、元気はないけど……」

「うちのパパも元気がなくて」

と、彼女はいかにも嬉しそうにニヤニヤ笑いながら言う。彼女がパパと呼ぶのは言わずと知れた、彼女のパトロンである日系会社の総経理のことである。その総経理は耕三より十歳は若いに違いない。その彼が、虞暁霞にいくら渡しているのか耕三は知らない。

「でも、俺は女を囲った経験がないから、相場を知らないからなぁ」

「大丈夫よ、私の方から言うから。余丹さんにはいくらあげてる?」

「彼女には月給三千元払っているけど、あれは月給だからね」

「三千元かぁ…いいなぁ!」

なんだか月額三千元もらえれば、日系の総経理と耕三の二股を掛けてもよいと言わぬばかりの口ぶりであった。耕三はこれ以上話を進展させなかった。その理由の一つには、いみじくも、虞暁霞が訊ねてきた「元気?」にあった。彼の「元気」に疑問符が付いていたのである。先々週の金曜日のこと、耕三は、瀋陽からの出稼ぎの可愛いコールガール沈小姐のことを思い出し、彼女に出前を頼んだのであった。その時は特に体調が悪いとは感じていなかったのであるが、遊んだ後、特に翌々日の疲れかたが、尋常ではなく、日曜日にはまるで半病人のようにベッドの上で過ごしたのだった。ところが、それにも拘らず、月曜日の朝工場へ出勤し、楊国雄と顔を合わせたとき、彼から「田村先生、随分と衰弱なさったように見えますが、如何なされましたか?」と挨拶されてしまったのであった。こうして、耕三は、つくづく、自分も歳だなあと自覚させられた。つまりは、体力面から考えても、彼女に月額三千元(日本円にして四万円余り)を継続して払う覚悟ができていなかったのだ。

翌日(三月十三日)の月曜日には、耕三はアパートの前で虞暁霞と待ち合わせ、タクシーで空港まで行った。空港で旅行業者から四つ星級のホリデイ・インの予約を勧められ、料金が五割引の一泊一人二百六十元（約三千六百円）と安かったので、予約した。

飛行機は三時五十五分に飛び発ち、五十分後に桂林空港に着陸した。地方の空港にしては大きい。前年（一九九九）の利用客数の多さでは、全国第四位だったそうだ。一位が北京、二位が珠海、三位が上海であったとか。珠海の二位は、九九年にマカオ返還（中国側からみると澳門回帰）にからむ特殊事情があったからであろう。

空港と市内は、真っ直ぐに延びた一本の高速道路で結ばれている。全長二十三キロ、車で十五分ばかり走ると市街地の西の端に達する。二年前にマレーシアが建設した有料高速道とのこと。建設資金は通行料金を取ることで回収する。桂林は年間五百万人の観光客が訪れるそうだから、回収にはさして長い期間を要しないであろう。有料道路を降り、市内に入ると、道路工事中のところが多く、凸凹の泥んこ道となった。通行人、バイク、自転車が俄然多くなる。車は時速十五キロほどの低速でしか走れなくなった。運転手によると、市街地の人口は三十万ほどとのこと。

ホテルに着くと、耕三は、すぐ翌日の漓江下りの予約を入れ、翌々日午前中の半日観光も申し込んだ。漓江下りの料金は一人百八十元（外国人は四百五十元であったが、もちろん虞小姐と同行であるから中国人料金）を払った。予約を終えると、直ぐ外に出て、虞小姐が選んだ近くの店で、簡単な夕食をとった。

翌朝、八時過ぎに小型バスが迎えにきた。合計八名を乗せた小型バスは磨盤山の碼頭（船着場）へ向かう。バスは椀を伏せたような形の山が点在する間を縫って行く。車上に揺られること小一時間、バスは体育館のような建物に到着した。この大きな建物は待合室兼みやげもの売り場であった。

十時きっかりに乗船すると、船は直ぐに漓江を下り始めた。遊覧船が岸を離れてゆっくりと動き出すと同時に船内放送があり、漓江下りの案内と昼食の予約受付案内があった。船が終点の陽朔に着くのは午後三時半頃になるから、昼食は船内でと言うことらしかった。十時を過ぎたばかりだから、今から五時間以上も船上にいることになるらしい。航行距離は七十キロに過ぎない。船はゆっくり、ゆっくり下って行くのだ。

昼食の注文取りの娘さんが廻ってくる。一番簡単なものを注文しようとすると、それが二百八十元だと言う。ホテルの宿泊代よりも高い。少し高すぎるような気がしたから、食事は船を下りるまで我慢することに決めた。その代わりに、殻付きピーナッツを一袋買って二人で、齧っていた。実は朝はホテルからの出発時間前にはレストランが開いておらず、朝食を摂り損ねていた。そこで、先刻、乗船待合所で朝食を摂ろうとしたのだが、レストランがなく、結局、二人して、即席麵を買い、売店の人にポットから熱湯を注いで貰って半茹での麵を食べたばかりであった。待合場所に簡易食堂がなかったのは、船内で高い昼食を食べさすためだったに違いない。

やがて、景観のすぐれた場所に差し掛かったらしく、船客が次々に甲板に向かう。耕三もカメラを提げて、虞小姐と一緒に甲板に出た川幅は三十メートルほどだろうか、さして大きな川ではないが、水嵩があるので、中洲がほとんどなく、水面が広々と見える。水は澄明で、両岸の風景はのどかにして美しい。広い中国にあっても、《桂林ノ山水ハ天下ニ甲タリ》といわれるが、なるほどと思われるような幻想的な景観が眼前に展開して行く。大小のおにぎり形やノコギリ形の奇山が次々と現れ、それらが水面に投影する。時折小雨も混じる曇天であるので、山々は朦朧としており、水墨による山水画の世界そのものである。そこここの岸に近いところでは、アヒルが群れて泳いでいる。両岸の少しひらけたところに点在する農家が飼っているらしい。全くおとぎの国のものとしか思えないような奇峰、奇岩が次から次へと現れる。こうした風景が五十キロにわたり続くのである。時折見えてくる人家の付近では農作業にいそしむ親子の姿があるかとみると、また女たちが四、五人一緒になって川辺で洗濯をしていたりする。更には水牛が三、四頭、岸に向かって泳ぐのが目撃された。川の岸近くの陸で草を食む牛もかなりいる。また、そうした牛を追って移動する牧童が見える。

日本の一瀉千里を走るがごとき急流の川とはことなり、漓江は悠然と行く川である。この川に沿って両岸を高々と堤防で護岸するとか、無粋なコンクリートの塊（あの憎っくきテトラポット）を放り込んで景観を台無しにしておく必要がない。川は山の岸壁に接するところもあれば、水際まで青草に覆われているところもある。場所によっては、川端が竹林であったり、榕樹などの南国の樹木が植わっていたりするところもある。全体に仙人も棲むかとおぼしい桃源郷の趣がある。

正午近くになって、ビールと揚げ物を小皿に盛ったつまみが船内売店のカウンターに並んだ。耕三は早速カウンターへ足を運び、鮎ほどの大きさの小魚フライと芋のフライの皿盛りをそれぞれ十元で買い求め、それに五元のビールを加えて昼食代わりとした。

アルコールが入り、腹が満たされると眠くなる。耕三は座席でうとうとしている中に眠り込んでしまった。ふと覚睡して、窓外に眼をやると、船は終点に近づいたのか、乗客を降ろして空になった遊覧船が次々と、下るときよりは数倍速いスピードで川を遡っていく。やがて、耕三たちの乗った船も終着地の陽朔に着いた。

船着場で下船すると川沿いに幅の狭い道を百メートルばかり歩くようになっていて、その道の両側に土産物を商う家屋が立ち並んでいる。そこから一・五キロほど歩くと、バス・ターミナルに着いた。ちょうど桂林行きの一台のバスが出発しようとしていた。そのバスに二人して飛び乗った。小型のバスで、桂林までは六十五キロの距離があるが、所要時間は一時間三十分、料金は一人わずかの五元（日本円にして七十五円程度）である。

陽朔から桂林までは舗装された一本の道が延びており、信号などはない。この交通量の皆無に近い道を時速八十キロの高速で疾駆するのであるから、計算上は一時間足らずで走りつくことになるが、このバスは地元の人たちが恰好の交通手段として使っていて、随時手を挙げると停留所の標示のないところであっても、止まって客を拾う。これらの途中乗車の者からは一元を徴収しているようだった。こうした理由で、桂林まで一時間半を要したのであった。ホテルに戻りついたのは五時過ぎであった。陽朔で下船してから二時間後にはもう桂林市内にいた訳だ。

耕三たちは朝・昼ともにまともな食事をしていなかったので、腹が減っている。夜はちゃんとした食事をとりたいと考えていた。そこへ耕三が予期していなかった電話が、虞暁霞のところへ掛かってきた。彼女の実の姉とその夫がこの街に住んでいて、一緒に夕食をしようと言ってきたのであった。耕三は虞暁霞がこの地の出身であるとは、彼女から聞いていたが、姉夫婦がここに住んでいることは、知らなかったので、ちょっとした驚きだった。

早速、彼女の姉が指定した店へ出かけることにして、タクシーを呼んだ。運転手にレストランの名前を告げると二十分程で連れて行ってもらえた。姉夫婦も着いたばかりであった。暁霞は華奢な身体つきなのだが、姉さんの方はがっしりした体格をしていた。

耕三は虞暁霞と姉の会話から、前者には子があることを初めて知った。彼女のことは全く独身かと思っていたのだが、結婚して（?）、赤ちゃんまでいたとはびっくりだった。彼女は当初からそのつもりであったと思うが、耕三に相談を持ち出した。

「田村先生、私の実家はここからだと一時間ほどのところですので、この機会にちょっと寄って帰りたいと思うのですが、かまいませんか?」

「もちろんかまわないよ。深圳へはいつ帰ってくる?」

「今夜は姉と久しぶりにおしゃべりしたいから、明日の午後のバスに乗ろうと思います。午前の観光にはお供します。二日ほど休んで金曜日には店にでます」

夕食を終えると、姉の夫は独りで帰って行った。姉さんは虞小姐と耕三の泊っているホリデインへやってきて、妹と同室で一泊することになった。耕三はシャワーを浴びてから受付に電話して、按摩を手配してもらった。

第三日目、朝八時に旅行社が差し向けたタクシーの運転手に起こされた。半日観光であるが、生憎小雨模様であった。運転手に簡単な朝食をとりたいと言うと、桂林米粉の美味しい店を知っているからと言って、ホテルから直ぐ近くの一軒の店の前に車を停めてくれた。桂林米粉は日本の立ち食いうどんの類である。茹でて柔らかくなったビーフンの上に、肉がボロボロになるまで煮込んで*出来た熱々の湯（タン）（スープ）を注ぎかけて、それに香菜、ネギ、等の薬味を自分の好みで加えるのである。これが抜群に美味しく、その名は全国に聞こえている。

朝食の後、耕三たちは桂林にたくさんある鍾乳洞の中でも一番規模の大きいという「蘆笛岩」へと案内された。その入口の傍には芳蓮池と呼ばれる池がある。耕三たちの訪れた三月は時季が早すぎて、蓮の花はまだ咲いていなかった。桂林の花と謂えばその地名の由来となった桂花であるが、この木（モクセイ）が至るところに植わっているそうで、この芳蓮池の周りに植わ

＊ 実のところは牛肉のそぼろを煮込んだものらしい。

っているのもモクセイだと教えられた。これらは秋に香りの強い小花をたくさんつけるそうだ。

鍾乳洞を観たあと、その出口に隣接する博物館の中も観た。博物館を出たときは、もう十一時になっていた。ホテルに帰り、チェックアウト。ここで耕三は虞小姐と別れた。別れ際に、彼は彼女の帰りの旅費のことを考え、千元札一枚をチップとして渡した。

街を出る前に、車は象鼻山の見える場所で一旦停車した。漓江と桃花江の合流点で川に突き出た山の鼻が丸く穿たれて、それがまるで象が水を飲んでいるかのように見えるとしてそう名付けられた名所がある。それを背景に入れて、写真を一枚撮ってもらった。それから一路空港へ向かった。


耕三の乗った飛行機は、一六時二六分に深圳に到着した。彼はバスとタクシーを乗り継ぎ六時少し前にアパートに戻ってきた。荷物を置くと直ぐに外に出、近くの日本食レストランで夕食を終え、耕三は何食わぬ顔をして、国際商業大廈へ歩いて行った。エレベーターに乗り、二十五階で下りると、《織女》の前まで行った。いつもならば、門が開き、もう誰かが出勤している時刻であるのに、入口のドアーには鎖が掛かっており、電灯も消えたままであった。あれ、どうしたことだろう？　彼は三日間、電源を切ったままにしてあった携帯電話のスイッチをオンにし、余丹に電話をした。

「喂（ウェイ）？」

「喂、田村先生？　一体全体どこにいたのよ！」

いつもの余丹の声である。

「店の前まで来ているのだが……誰も来てないけど、どうしたの？」

「なにを呑気なこといっているのよ。大変だったのだから。月曜日に三人の役人がやってきて、『営業許可証無しで営業は許されない。直ちに営業を停止しろ』と言って通知書を置いて行ったのよ。貴方に連絡しようと電話したのだけど、電源を切っていたでしょう。これからアパートの方へその通知書を持って行きますから、アパートにいてください」

耕三は急ぎアパートへ引き返した。その数分後にドアー・チャイムが鳴った。余丹であった。耕三がドアーを開けると、彼女は部屋に入り、勝手を知った下駄箱からスリッパを取り出し、靴を脱いで履き替え、ソファに腰を降ろす。そして、いつも彼女が提げているグッチのバックから、一通の文書を取り出して、耕三に手渡した。

それには、「行政執法検査局、責令改正通知書」とタイトルがあり、次の通り書いてあった。

「織女酒廊殿　あなたの処は、無許可営業に因り、《深圳経済特区文化市場管理条例》の第十一条に違反しております。

当局は、《中華人民共和国国政処罰法》第二十三条及び《深圳経済特区文化市場管理条例》第三十九条の規定に基き、次の通り指示します。
一、即時違法行為を停止すること。

二、《文化経営許可証》を取得してから営業を開始すること。

本件二〇〇〇年三月十五日までに本局三科にて処理を受けること

二〇〇〇年三月十三日　処罰専用印」

この書類に目を通していた耕三に、余丹は畳み掛けるように言った。

「十三日に店をオープンしたばかりのところへ、役人がやってきたものだから、お客さんはみんな驚いて出て行ってしまったわよ。私は仕方がないから、女の子たちを帰して、店を閉めたの。それから今日まで店は閉めたままなんです」

「困ったなぁ！　僕が文化局へ行く訳にはいかないしね。ところで、前金を取った汪律師からは何の音沙汰もないよね。明日にもまた汪律師のところへ行ってみようか」

「そうしますか」

二人の話し合いの結論は、前回の話の蒸し返しに終ってしまった。余丹もどう対処すればよいのか分からないし、耕三としても、どうしたらよいか分からなかった。前金を取った弁護士が一向に動いてくれないからだ。もちろん丁有波については、こちらが一方的に名義を借りただけで、相手に一切の責任はない。余丹がもっとしっかりしてくれることを期待していたが、彼女も酒廊の営業許可書の申請に関しては何の経験もない。会社の総務担当の楊氏も《くらぶ織女》の営業許可申請は、彼の本来の仕事でもないし、ただ、好意から若干問い合わせをしてくれたまでだ。まったく、本件に関しては八方ふさがりの状態だった。

翌日、とりあえず、耕三は丁君にも時間を空けてもらって、余丹と三人で、汪律士の事務所へ出向いた。汪氏は事務所にいて、別の客と面談中であった。三人は三十分程待たされたあと、汪弁護士と面談できたが、汪氏は許可取得の見通しについては明言を避け、ただ努力していると繰り返すのみだった。前回同様、状況があいまいなまま三人は弁護士事務所を後にせざるを得なかった。

弁護士事務所を訪問した翌日、即ち耕三が桂林観光旅行から帰った翌々日の三月十七日に、耕三は余丹に行政執法検査局第三科へ出頭してもらった。出頭した余丹には、新しい書類が手渡された。《行政処罰听証告知書》なるものであった。そこには

「……**深圳経済特区文化市場管理条例、第三十九条の規定に基き、**

①処罰として不法所得四万元を没収する、

②罰金四万元を科す」と記載されていた。また、その後段には、

「**《中華人民共和国行政処罰法》の規定に基き、あなたは本通知書の受領から三日以内に本局に対して弁明書を提出する権利を有する**」との文言も印刷されていた。しかし、耕三の店はもとより無許可営業であったから、抗弁のしようがなかった。

この事情聴取告知書につき、どう対処すべきか思案しているうちにも、弁明期限の三日間が過ぎてしまった。四日目の夕刻、開店の準備を始めていた《くらぶ織女》へ、三人の役人が現れた。行政執法検査局の連中であった。彼らは、新たな通知書をもって来ていた。四日前、三

月十六日付けの《行政処罰听証告知書》に続く、三月二十日付けの《行政処罰通知書》であった。

その内容は先の听証告知書と全く同じ内容であった。ただ、文書名が听証告知書（事情聴取の通告）から処罰通知書に変っていたことと、文書の最後に「**本局はあなたの違法行為に対して、法に依り処罰します**」なる文言が加わっていた。そして、彼らは直ちに店の中の主だった設備に差し押さえの張り紙を施し、それだけでは満足せず、《織女》にあっては最重要設備であるカラオケ機器に白ペイントでマークした後、それらを運び去ってしまった。罰金が支払われることを担保するため持ち帰ったものらしかった。その時、耕三は店にいなくて実際にどんな具合だったのか彼自身の目で見たわけではない。

翌日、耕三のアパートにやってきた余丹は、

「いまから罰金を支払いに行きますから、八万元出して下さい」と言う。

簡単に八万元というが、これは日本円に換算すると百万円である。だが、それでも出さない訳には行かないから、耕三は日本円の札束をビニール袋に入れ、アパートの裏の小売店（雑貨店）へ行き、人民元に両替して貰い、八万元を余丹に渡した。

彼女は出かけていったが、当該役所の受領を証する書類は発行されたものかどうか、耕三はそうしたものを余丹から受け取りはしなかった。しかし、それから数日後、耕三は異なることを聞くこととなった。

《織女》が手入れを受けたと同じ日に、同じビル内の八階に最近オープンしたばかりのやはり日本人客目当てのクラブ《熱海》も無許可営業で摘発されたと言うのだった。《織女》の内装が完成に近づいていた頃、同じビルの八階に出店準備を始めた《熱海》は、店の広さが前者のおよそ半分であったこともあり、《織女》の開店に遅れることおよそ一ヶ月で、追っかけオープンしていた。やはり誰か日本人に資金を出して貰っての出店らしかった。耕三はその日本人が誰かは知らなかったが、宮城工場の製造部長の後藤栄一が、その店へ遊びに行くらしい様子を二度ばかり目撃していた。彼は《織女》へは一度も客となってやってきたことはなかった。

この《熱海》は八階に位置しているのであるから、もしも楊国雄が言っていた火災が発生した場合の危険回避の観点から、文化局が十一階以上でのカラオケ機器を備えた娯楽施設の営業を認めないことになったという法改正が事実であったとしても、この面からの問題は無い筈である。それでいて、八階のクラブも営業許可が取れていないとするならば、それは何か別の原因があってのことに違いないと耕三には思えた。

耕三はいわば同業であるこの店の様子を覗うつもりもあって、エレベーターで八階まで下りて行き、その店の若い（二十五才位だろうか？）ママさんと彼女の店の入り口で立ち話ししたのだった。耕三は、入り口のドアーのガラスが割れ、その下部の板の部分も破れているのに気付き、彼女に訊ねた。

「このドアーはどうしたの？」

「これ？　これは役人に腹を立てた私が自分で壊したのよ」

その返事を聞いた耕三は、顔に似合わず気性の激しい女なのだなと内心感心しながら、更に訊ねた。

「うちの店に来たと同じ連中だった？」

ところが、耕三のこの問いに対する彼女の返事は耕三の全く予期しないものだった。

「そうよ。その時、彼らから面白いことを聞いたわ。おたくのママさんは、罰金の額を水増しして書くよう頼んだとのことよ……」

そう言ってこの年若いママさんは、耕三を見て、ニヤニヤしていた。耕三は余丹のことだから何かの魂胆――例えば、その一部を賄賂に使うなどの思惑があったか、それともドサクサ紛れにその増額分を自分の懐にいれるつもりだったか――があって、そうしたことを依頼したかも知れないと思った。しかし、この件につき、耕三は余丹に問い質すことはしなかった。


三月二十日、罰金八万元を支払ったことで、差し押さえられていたカラオケ機器は戻ってきた。そこで、耕三と余丹は相談の結果、その夜から店を再開することにした。一つには、十六名もの従業員を、すでに一週間待機させてあり、これ以上休ませる訳には行かないと思われたし、更には、今回の摘発からまたすぐに摘発にやってくる確率は低いと考えたからでもあった。

「営業許可を取れと書いてあるが、文化局ではそもそも営業を許可する気がないんだから、取得できる訳がない。どの店もうちの店と同じように、店は出来上がった。家賃は発生する、従業員は雇ってしまった。こんな状態で立ち往生させられる。こちらはやむなく開業する。実は、彼らはわれわれがそうすることを知っていて、待っていましたとばかり、摘発にくる。どうもこう言う仕掛けになっているようだな」

これが、耕三の率直な感想だった。余丹には余丹なりの考えがあったと思うが、彼女はいわば他人のフンドシで相撲を取っている訳で、金は耕三と加瀬社長が出しているのだから、どんなことになろうが、彼女は一銭も損をしているわけではない。罰金を取られたならば取られたで、勿体ないと思いはするだろうが、実はそれだっておこぼれに預かれるチャンスと見ているのかもしれないのだ。耕三は民主主義圏に育った外国人であるが、余丹は、共産党による一党独裁のこの国に生まれ、育って、長年この国の役人のやり方を見てきた訳だから、この国では上手く泳ぐしかないと達観している様子であった。

二十日に営業を再開したが、実際その月の終わりまで、役人による介入で営業を中断させられることはなかった。こうして、三月は十三日から十九日までの七日間を閉店し、残りの二十四日間は営業したのであった。その結果、一つにはお客さん側が取締当局の摘発に恐れをなし、《織女》を敬遠したことなどもあって、三月の売上げは一、二月の数字に及ばず決算の結果は十万元の赤字であった。

ちなみに、一月以来の売上げと損失は次の通りであった。

一月	営業日数　二十五日	売上高　約　八万元	純損益（▲は損失）　▲四万元
二月	〃　十八日	〃　約　六万元	▲三万元
三月	〃　二十四日	〃　約　六万元	▲十万元

「三月初めはいい感じで客が入っていたのにねぇ。あの憎らしい役人たちの立ち入り検査があってから、お客さんが遠のいていってしまったのが痛かったわ」

と余丹はいかにも悔しそうに言った。

「そうだなぁ。利益をだすには、客をもっと呼び込む努力をしなきゃいけないなあ」

一月の損失には、公安対策費用の一万八千元が影響し、三月の損失には罰金八万元が含まれていた。これらの特別費用がなかったとしても、《織女》の経営状態は思わしくなく、売上げをもっと伸ばさなければ、利益を上げて行けないことは明白であった。

《織女》では暦日の五日を前月の工資（給与）の支払い日と定めている。発給日には、主に余丹が出欠、遅刻・早退、提成額などを集計し、耕三がワープロを使い工資表（給与明細一覧表）を作り、それの複写コピーを鋏で切断して、従業員毎の細い帯状の紙片にし、姓名を表書きした給料袋に金銭と共にその明細紙片を入れた。それらの月給袋は办公室（事務室）にて余丹或いは耕三から各服務員に手渡した。そして、受給者には工資表の最後の欄に署名を求めた。各人は、その場で給料袋を開け、金銭と明細書を確認の上、間違いなければ、工資表上に受け取りの署名することで、発給作業が完了するのであった。

しかし、この給料支給日は、毎月のことであるが、大げさに言うならば、かなり殺気だった雰囲気に包まれることとなった。毎回何人かの者から苦情がでたからである。理由はいろいろであったが、元を正せば、お金に困っている者が多かったからである。

三月の営業収支は十万元（日本円にして約百四十万円）の赤字であったことは先に記した通りであるが、行政執法検査局の手入れがあり、店を一週間閉めていたことで、三月の開店日数は二十四日となった。従って、耕三は二十四日出勤した者のみを皆勤扱いとし、店を閉めていた七日間以外にも休暇を取った者には満額の月給は支払わなかった。例を示すと、最も基本給が高いママさん趙文娟の場合では、彼女の出勤日数が十八しかなかったから、耕三は次のように計算した。

基本給　x　（出勤日数 ＋ 閉店日数）／ 三月の日数　＝　支給額

4000　x　（ 18　＋　7 ）／　31　＝　3226

しかし、この計算方法について、一部の従業員から苦情が出た。その先陣を切ったのは寮住まいの二十二歳の寥春霞であった。

「店を一週間閉めていたのは、経営者の都合でしょう。私たちは出勤したくても、出勤できなかったわけだから。私たちは毎月四回は有給休暇が貰えることになっているのだから、それを申請取得したからといって、給料を減らすのはおかしいと思うわ」

「そうよ、出勤日数が二十四に満たなくても、二十日あれば、給料は満額支払うべきじゃないですか」と、同調したのは、寥春霞といつも行動を共にしている、やはり寮住まいの雷鳳であった。

不服を述べた何人かの意見では、三月の給与は、先の趙文娟の場合を例にとれば、

4, 000 x (18+11)/31=3, 742（但し、カッコ内の数字11は閉店日数7に有給休暇日数4を加えたもの）

とすべきであると主張するのであった。

確かにこの主張にも一理はあった。但し、不平を述べた者は、出勤率が悪かったか、或いは帯客（客の帯同）の無かった者ばかりであった。帯客成績の良好なものにとっては計算の方法のブレによる自身の受給額への影響は小さく、問題にすることでもなかった。

実は、給料日に苦情を聞くことになったのは、この日が初めてではなかった。《織女》が最初の月給を支払った一月三十日に既に文句を言う者がいた。

この店が営業開始したのは、一月の六日のことで、一月三十一日には春節休暇入りしたため、一月の営業（出勤）日数は二十五日しかなかった。従って、この月は日割り計算せざるを得なかった。そして、本来は二月の五日に発給する一月分の給与を、これまた例外的に、一月の三十日に支払ったのであった。このときに既に耕三の日割り計算に対して不平を言うものが数人

あった。一月の日割り計算においては一ヶ月を二十六日（標準月の平均労働日数）としたのであった。即ち、二十五日出勤した（皆勤）者には、その者の月額基本給の二十六分の二十五を支払った。例えば、寮住まいの寥春霞の一月の給与は次の通り計算した。

基本給 x 出勤数 / 標準月の出勤日数 ＝支給額

950 x 25 / 26 ＝ 914

但し、一月は特別にすべての従業員から三百元の押金（保証金）を給与から控除して、店が預かったから、実質発給額は、寥春霞の場合、六百十四元であった。

この三百元は、一つには店が制服を貸与していることなどを考慮してのもので、従業員が制服を返却することなく、ある日突然出勤しなくなる等のリスクを幾分でもカバーしようとの趣旨から設けられている規定である。

しかし、寮住まいの女性たちは十二月に採用が決まって、即入居していたから、最初の月給が支払われた一月三十日には、すでに一ヶ月以上給料が支給されるのを待っていた訳で、そこから三百元の保証金を控除されると、生活費に窮する等の特殊事情があったのである。それで、六百十四元しか受け取れなかったことに、がっかりすると同時に腹を立てたのが、寥春霞であった。

「私なんかは十二月二十七日にここへの就職を決めたのに、給料は一月の六日からの計算になっているのはどうしてなんですか？」

と、余丹に説明を迫った。

「十二月はまだ《織女》は開店していなかったでしょう。あなたが就職を決めたというのは、内定したという意味で、仕事を開始したのではないのよ。寮に入れたのは、こちらが、住む場所を無償で提供しただけであって、仕事を始めてもらったわけではないのだからね」

一月分の給与については、その説明で納得させたのであった。

二月の月給についいみると、この年が閏年で二十九日と例年より一日多かったものの、春節休暇が十一日間あったため、工作（出勤）日数は十八日しかなかった。就業規則によると、春節には三日間の特別有給休暇が与えられているから、この三日間と毎月の有給休暇四日間を足した七日間を実際の出勤日であった十八日に加え、二十五日（18＋7＝25）を名目出勤日数と見做し、二月の暦日数である二十九で除した数を各人の基本給に乗じて、支給額を算出した。例えば、按摩業から《織女》のホステスへと転向した王艶華の給与を例にとると次の通りであった。

基本給　x　出勤日数＋春節有給日＋月次有給休暇）／29　＝支給額　＋　提成　＝総支給額

1150　x（　17　＋　3　＋　4　）／29　＝　952　＋　184　＝　1136

王艶華の場合、この月の提成（百八十四元）が加わり、総合計で千百三十六元を受け取っている。実質十七日働いただけで、これだけになれば悪くなかった稼ぎと言える。

二月の給与計算方式について文句を言ったものはいなかった。一、二月については、以上見てきたとおり、従業員にとって特に不利な日割り給与ではなかった。しかし、三月分の給料計算には、若干、耕三側に理不尽な要素があった。すなわち、不服を申し立てた側に一理があった。では、何故耕三はこんな従業員に不利な計算を敢えてしたのか？　理由は従業員が守るべき規則は「員工守規則」で細かく規定してあったが、その規則には給与計算方法について規定がなかったからである。しかし、これも営業の成績を上げられるものにとっては問題となるものではなかった。客を呼び込むことで、簡単に稼ぎを増やすことができたからだ。だが、そうした能力がなくて、金に困っている者への配慮が欠けていたことは確かである。

余丹と一部の満額の月給を貰えなかった従業員との間で口論になった。やはり寮住まいで寥春霞と仲のよい雷鳳が余丹に向かって言った。

「余丹（さん）、あなたは、私たちを雇ったときには、この店が営業許可が取れてないなんてことは、一言も言ってなかったじゃない。私たちを騙していたのですね」

「騙したなんて人聞きの悪いことを言わないでちょうだい。誰が騙したりするものですか。あの段階では申請中だったのだから」

この口論中に、普段から余丹と反りの合わなかったママの趙文娟が、雷鳳や寥春霞などの側に加担したものだから、ママさんとチ・ママの口喧嘩へと発展することとなった。それまでにも二人の間は少し険悪で、何かにつけていがみ合いが続いていたのだった。それがここにきて爆発することとなった。それというのも地位、給料ともに趙文娟が一番上にいるのだが、余丹の方では、この店は、自分のために耕三が作ってくれたのだと心得ているから強気に出ていた。

「趙文娟、あなたの今月の出勤日数は十八日しかなかったんですよ。四日は有給休暇としても、あと二日は店へも何の連絡もなかったから、曠工（無断欠勤）に相当するわよ。無断欠勤は一日につき月給の五パーセントを控除することになっているから、本当ならば月給の十パーセント、四百元を控除することになるのよ」

「無断欠勤ですって、私はこの店のママよ。チ・ママのあなたにそんなことを言われる筋合いがないわ。店に出なくても営業をやっているってこともあるのよ。私は今月だって、六人の客を連れてきてることは、そこの（顎で壁の表を指し）記録にある通りよ。あなたは何よ。まるで自分が経営者であるかのように振舞っているけど、あなたは一度だって客を連れてきたことがあるの？　一度だって無いじゃない！」

「私は毎日早番の子たちが出勤すると同じ時間に店に着き、店の門を開け、果物の買出しをし、従業員の管理をしているのです。毎晩店が終って門を閉め、鍵をかけて、最後に帰るのだって私ですよ」

　事務机の前で椅子に腰掛け、足を組んで金切り声を張り上げる余丹に対し、体格の勝れた趙文娟は余丹と、その隣の机にやはり腰掛けている耕三との中間に立ち、余丹に向かってドスの利いた張りのある声で怒鳴りちらしている。その二人の言い争いに、図らずも傍で立ち会うこととなった耕三が、両者を宥めようと、

「きみたち二人とも落ち着きなさいよ。問題はなにも言い争うほどのことではないでしょう。たかが数十元の問題なんだから……」

と声を掛けたのだったが、二人とも亢奮していて耕三の話など聴こうともしなかった。

二人の口論が続いている最中だった。趙文娟と並んで立っていた、雷鳳がとんでもないことを言い出した。

「営業許可が取れていないのも問題だけど、その他にも問題があるわ。この店では、従業員の写真を勝手に使って、広告をしているのよ。これって肖像権の侵害よね」

「そうそう」と共闘態勢を組む寥春霞。「私たちはこのことも訴えて出るべきよ」

この雷鳳たちの突然の発言は、耕三を少なからずあわてさせた。不満の矛先が、一転して明らかに耕三に向かっていたからである。これは、先に耕三が撮影した従業員の写真のうちから、余丹の写真三様と社員一同の写真を使って宣伝用のパンフレットを作り、日系企業に郵送したが、そのことを言っていたのである。彼女たちは自分たちが体よく利用されたと感じていたらしいのだ。

耕三の胸中での反応はこうだった。肖像権だと！　肖像権などというは、有名人やそれに匹敵する容貌をもっていて初めて言えることではないか！　枯れ木も山の賑わいでその他大勢として写っているだけの、全く撮り得のない小娘に、肖像権もクソもあったものか！　耕三はこう感じながらも、ここはことを面倒にしないよう、冷静を保って、この件については相手にしないが一番と考え、これにたいする反論は一切しなかった。

一方、ひとしきり余丹と遣り合っていた趙文娟は、最後に耕三に向かって、

「こんな営業許可が取れていない店でなんか、働けないわ。わたしは、今日限りこの店を辞めます。別に店をやろうと誘われていますから」

と告げたのであった。続いて彼女は余丹に言った。

「預けてある保証金三百元と今月分の給料は貰ってかえりますから計算して」

趙文娟はこの日を最後に、《織女》を辞めてしまった。そして、この同じ日を最後に、客の呼び込みでナンバーワンの成績を誇っていた、余丹と同じもう一人のチ・ママの役職にあった李琳も趙文娟と共に去って行ってしまった。こうして《織女》は一気に一〜三月の間にあっては営業の双翼でもあった二人の稼ぎ頭を失うこととなったのだった。

寥春霞たち若年組の憤懣の吐露から始まった口論だったが、その結果はベテラン二名の辞職で幕を閉じることとなった。寮住まいの未熟錬ホステスにとっては、ベテランのとった辞職という選択肢はあり得なかった。辞職はその夜からの寝る場所の喪失を意味したからだ。こうして、三十分近くにわたる派手な口げんかも、やっと終焉を見たのであった。

第九章　業績不振

四月は《織女》の開店以来はじめてとなるフル開業ができた。若干危惧された行政執法検査局からの立ち入り取締りもなく、まるまる三十日間継続して店を開けていることができたのだった。しかし、成績は思わしくなかった。四月の売上げは四万元と七日間休業を余儀なくされた三月の売上げよりも更に二万元少なく、実際一月以来の月次売上げでは、最低の記録を作ることとなった。その結果は、この月の赤字が六万七千元となった。

売上げの落ちた最大の理由は、先月の検査局の手入れで、固定客になりつつあった客が離れていったことがあった。また、客の連れ込み（帯客）数で上位にあった二人、先月までのママとチ・ママが辞めていったことがあった。更には、日本人相手のこうした「日式卡拉ＯＫ」がまた増えていたことがある。耕三が知る限りでも、近くに新たに三軒の店がオープンしていた。その中の一つは、別のビルの十三階に設けられていた。耕三はそのことから先に楊国雄から聞いた「火災時の危険に鑑み、十一階以上の階でのカラオケ設備をもった文化施設の開業を認めない」との話は、単なる流言ではなかったかと考えた。ただ、彼自身がそうした条例の有無を確かめたわけではない。なぜ確かめなかったかと言うと、店は借りる契約を済ませ、内装に三十万元（四百万円）近い金を使ってしまった時点では、真実などはもはやどうでもよく、ひたすらそれは単なる流言であると信じたかっただけのことである。

この年二〇〇〇年の四月は、二十九日が土曜日で三十日が日曜日となった。それで中国では、これらの両日を出勤日に変え、もともと五月一日から三日まであった三連休の後ろへ振替え、その後ろの土日との間を埋めて一週間の連休にする企業が多かった。そんなことで、日系企業もそれに倣い、駐在員はこの期間に日本へ帰るものが多くなった。

ゴールデン・ウィークをシンガポールで過ごしていた社長が五月六日（土曜日）になって、深圳へやってきた。その夜、耕三は社長との夕食の席に余丹と虞暁霞を誘った。社長が魚料理よりは肉料理が好きであることをしっている耕三は、

「社長、今日の夕食はステーキにしたいと考えているのですが、どうでしょう。日系の美味しいステーキハウスを見つけましたから……」

「うん、いいよ」

「食事には余丹と社長も知っている虞小姐とを誘いたいと思っています」

「その後、店の方は順調にいっているのかな。客の入りはどうなの？」

加瀬社長は、珍しく、食べることより《くらぶ織女》のことが気に掛かっているようだった。

「三月の中旬に行政処罰を受けたことは、この前に電話で報告しましたが、あの頃うちの店に

来ていたお客さんの多くが《織女》を敬遠しているらしく、残念ながら客入りが減っています。なんとか客を増やす手立てを考えなければいけないのですが、ママさんをやっていた趙さんが、余丹と折り合いが悪くって辞めたのと、客の呼び込みに不思議な力を発揮していた李琳も辞めたのが痛かったです。しかし、これも元を質せば、営業許可が取れないことが原因です。許可証は未だにどうにもなりません。」

「弁理士だとかに申請を依頼してると言ったよね」

「ええ、肩書きは弁護士なんですが、どうもはっきりしませんで。それでいて申請手数料はチャッカリ半額前払いさせられたのですから……」

「なんと言っても、客はいい女が目当てで遊びにくるのだから、客を増やすには、できるだけ美人をリクルートとする必要があるんじゃないの」

至極当たり前ながら、加瀬社長がこう言った。

「百パーセント同感です。ただ、問題はどうしていい女を沢山集めるかということです。余丹と同じ程度の美人は、そうやたらにいる訳はないですから」と、耕三が答えて言った。「うちの店では、まずまずの女は三人ほどしかいないし、その中の二人までは、すでに固定客がついています」

とにかく客の入りを増やさなければ売上げが伸びないし、売上げの増加なくして、赤字縮小は不可能である。さて、どうやって客を増やすかである。余丹は、先の勤め先で学んだノウハウを二人に披露し、就業規則を変更することを提案した。それによると、女の子に営業するよう仕向ける必要があるというのだ。

そこで就業規則を《北極星》に倣って改定することにした。一つには奨励金（提成）の額を改定増額して、次の通りとする。

提成

一、客を帯同（これを《**帯客**》とよんだ）出勤した場合客一人につき、三十元をバックする

二、帯同した客がボトルをオープンした場合、一ボトルにつき、五十元をバックする

三、ボトルが一〇〇〇元を超えた場合は、その酒の値段の七パーセントをバックする

四、二人で一人を帯同した場合は、各人が半額をとる

以上が所謂《奨励》のための規定であるが、一方、B服務員（ママ、チ・ママ、バーテンダーを除く一般のウェイトレス嬢をこう呼んだ）には、客を連れてくることを義務付ける規定を定め、そのノルマが達成できない場合は《罰金》を取る（給金から控除する）との規定を新たに作った。

帯客義務

出勤開始後一ヶ月を経過したB服務員は、必ず毎月四回以上客を帯同すること。

一ヶ月に一度も客を帯同しない者からは　一五〇元　を控除する

一ヶ月に一度だけ客を帯同した者からは　一二五元　を控除する

一ヶ月に二度だけ客を帯同した者からは　一〇〇元　を控除する

一ヶ月に三度だけ客を帯同した者からは　**七五**元　を控除する

更には皆勤手当てなるものを出すことにもした。

皆勤手当　一ヶ月に取る休暇が四回以下の者には、次の通り皆勤手当てを支給する。

全く休暇をとらなかった場合　**一五〇**元
一度だけ休暇をとった場合　**一二五**元
二度だけ休暇をとった場合　**一〇〇**元
三度だけ休暇をとった場合　**七五**元
四度休暇をとった場合　**五十**元

金曜日と土曜日は休暇を許可しない。どうしても休む必要がある場合は一週間前に申請すること。許可なく休んだ場合は、無断欠勤と見なす。

以上、余丹の以前勤めていた《北極星》の規定に倣って、就業規則を変更することにし、耕三は新しい就業規則をワープロで作成し、全従業員に配り、五月十日付けで即日発効させた。

五月も幸いにして、どこからも横槍が入らなかった。店は五月一日から四日までの所謂中国でのゴールデン・ウィークの前半を休んだだけで、残りの日はすべて営業した。また、五月六日から十七日までの二週間、加瀬社長が深圳に滞在していて、この間何度か会社の社員を引き連れて《織女》に来て、大いに売上げに貢献したのではあったが、店は利益を上げるまでには至らなかった。《織女》の女の子たちの大半は水商売での経験が浅い、ウブな連中であったから、辞めていったベテラン並の成績を上げることはできなかった。売上げは四月より更に一割ほど落ち込んでいた。

彼女たちには何が欠けていたか？　語学力である。日本語ができなかったことである。客の九割が日本人であり、その中のまた九割が中国語を解さない駐在員や出張者であったから、日本語がしゃべれないことは致命的な欠点であった。たとえ美女とは程遠い女でも、日本語が出来て客に電話がかけられるだけで、呼び込みに成功する確率が高くなった。

語学力のほかには、何が必要なのか？　好成績を上げていた女はすべて少しセクシーなタイプであった。先に辞めていったチ・ママ李琳がそうであった。彼女などは、どうもオンリーになるよりは、相手の誘いに応じ上床する（ベッドに上る）らしいとの噂があった。特定の誰かに囲われるよりは、店に勤務しながら、自分の好み客をさがしては稼いでいたようだ。

余丹も日本語が駄目だったから、客の呼び込みができなかった。彼女が先の勤め先で、トップの成績を上げられたのは相手が執心して通ったからだが、こうして店をもった今は、客から耕三の息がかかった女と見られて、彼女を目当てでくる男がいなくなったのである。

耕三は、以前から余丹に日本語を勉強するか、会計の勉強をするよう勧めていたのだが、彼女の場合、日本語の勉強にしろ、会計（経理）の勉強にしろ、集中して継続することができなかった。一度、耕三がそのことを彼女の欠点だと指摘したことがあったが、彼女はこう言った。

「わたしの場合努力しないでもやっていけるものだから、つい怠けてしまうのよ。若い頃、私は父に『顔つきは賢そうだがポンクラだな』とよく言われたものよ」

彼女は自分でもあまり賢くないことを自覚していたのだ。しかし、造化の神様は公平で、彼女には稀に見る靚(リャン)な容貌を与えた。〈靚〉とは粤にあって使われる〈みめよい〉という意味の言葉である。

長江の中流に三峡と呼ばれ、古来より航行の難所であると同時に、その眺めは絶景として多くの人々を惹きつけてきた名所がある。そこに、一つには電力需要の増大に応えるため、世界最大のダムの建設が進行中であった。これが完成の暁には、それまで多くの観光客を惹きつけてきた《三峡下り》が従来の急流下りではなくなる筈であった。そこで、耕三は三峡ダムが出来あがる前に、ぜひ三峡下りの船にのって見たいと考えた。

それを実行するには、今が絶好のチャンスではないかと考えた。彼の加宮模具製造廠の仕事は順調に行っていて、彼の手伝いが欠かせない情況でもなかった。彼の主たる任務は工場立ち上げにあったが、これは終局を迎えつつあった。今ではどちらかといえば、副業の筈だった《織女》の経営の方が主たる仕事となってさえいた。こちらの方も、趙文娟をいわば追い出すことに成功した余丹がかいがいしく経営に精を出していたから、耕三が顔を出しても手伝えることは既に少なくなっていて、場合によっては邪魔になることさえあったのだ。

耕三は三峡下りの観光船の起点が重慶であることは知っていた。重慶といえば、四川省の南部に位置する工業都市である。そこで、三峡下りに同行させる小姐は、四川出身者がいいだろうと判断した。《織女》に働く女の子たちの中に四川出身者は三人いた。耕三はその中でも一番おとなしそうな子、言い換えれば、店の営業に影響の少ない子、二十五才の曹翠蛾を選んで重慶行きの随行の可否を打診した。彼女は二つ返事で同意したから、耕三は六月六日（火曜日）に深圳を発ち、六月八日（木曜日）に帰着する予定を組み、二人分の深圳―重慶往復便の航空券を買った。

六月六日、深圳空港を一六時一五分に飛び立った飛行機は二時間後の一八時一五分に重慶空港に到着した。タクシーの運転手の勧めで重慶飯店へチェックインした。このとき、耕三は、おとなしい性格の曹小姐を見くびっていたこともあったかも知れないが、ツイン・ベッドの部屋を一つだけとった。ホテルの部屋代は、彼の店で働く女性たちの給金の額と比較すると、相当高いものなので、耕三としては、どうせ支出するならば、ホテルに儲けさすよりは、女の子にチップとして渡してやりたかった。これが彼の意図したところだった。

ホテルにチェックインしたときは、もう夕暮れの迫る時刻であったから、ホテルを出てすこし歩いたところで見つけた地元の人のみが入るだろう食事処で夕食を摂った。四川出身の曹翠蛾の大好きな火鍋料理を耕三も一緒になって賞味した。こうした店は、彼女のような地元の者がいてはじめて利用できるところで、外国人の耕三などは一人では決して入って行けなかったろう。中国人の案内役は食事などの際には、欠かせないものである。

食事から戻り、二人して一つ部屋に入り、耕三が先にバスルームを使い、持ってきたパジャマに着替えてから、曹小姐にバスルームを使うよう促したものだから、彼女は自分が耕三と寝ることを期待されていると思ったらしく、シャワーを使った彼女は、耕三のベッドに入ってこようとした。耕三は、誤解を招いたことを悟り、

「君、その必要はないのだよ。僕が部屋を一つにしたのは、節約できたお金を君への小費(シャオフェイ)(チップ)にしようと考えてのことだったんだ」と、就寝時になって弁解したのだった。

翌朝、ホテルでの朝食後クルーズ船乗り場のある朝天門埠頭へ向かった。そこはホテルから歩いて数分の至便距離にあった。ところが、耕三は大失敗をやらかしていた。この三峡くだりについて、全く下調べしていなく、彼はこれを三ヶ月前の桂林での灕江くだりと同じようなものと思い込んでいたのだった。灕江—陽朔が八三キロの航程であるに対して、こちらは、重慶から宜昌までの二〇四キロを航行するもので、最低でも二泊三日のスケジュールを組んでおく必要があったのだった。深圳からだと、船中泊二日を含む四泊の旅行日程でなければならなかったのだ。そのことに七日の朝、朝天門埠頭へいって初めて知ったのだった。

「そうだったのだ。勉強不足だった。仕方がないから、重慶を観光するだけにして、予定通り明日の午後の便で帰ることにしよう」と、耕三は曹小姐に言ったのだった。

重慶は雨の多いところで毎日のように雨が降るらしかった。昨夜こちらに着いたときも、し

としとと小雨が降っていたし、雨は今朝の明け方まで続いていたらしく、石畳の道路は水を打ったかのように濡れていたし、敷石のない路地には水溜りも見られた。この街を歩いて気付いたことは、男は誰もが日焼けしており。白い棉のシャツ着姿で、片手に竹棹をもって歩いていることであった。竹棹は天秤として使うもので、重慶の男らは、主に外国からきた観光客が長江を運行する船から乗り降りする際に、彼らの手荷物を棹の両端に吊るして運ぶ仕事に従事していたのだ。こうした天秤棒は、もちろん手荷物以外の積載貨物の積み下ろしにも活躍していた。こうした仕事がこの地の男たちの主たる収入源になっているらしかった。何故天秤棒かというと、重慶は坂道と石段の街であるからだ。

午前中は朝天門埠頭から、長江を見下ろし、そこを運航する大小の船を眺め、重慶とは数本の橋とケーブルで繋がっている対岸を見やって過ごした。ここは長江と嘉陵江に挟まれた半島状の丘陵上にある重慶市街の最西端である。右手後方から長江が流れ来たり、左側にはここで長江と合流して終る嘉陵江が見られる。嘉陵江側に三つばかり浮き桟橋が川の中央に向かって延びていて、それらの先端に桟橋に対してT字形の天辺部分を形成する形で浮き埠頭がある。その埠頭に船が横付けになっているのが見える。長江の水は鉄さび色である。天候は曇りで、煤煙も混じっているのか、対岸の建物は煙ってぼんやり霞んで見える。一方街の方を振り返ると三十階建て以上もある高層ビルや高層アパートが櫛比している。その中には更に上に向かって建設中のビル――建物の最上部に据わったクレーンからそうと判る――がたくさん見える。

夜になって、夜景を眺めようと、タクシーで鵝嶺公園へ上って行き、「夜景遊覧票」を一人につき五元だして入園したのであったが、霧に包まれていて夜景を楽しむことはできなかった。この晩の夕食中に、耕三の携帯電話が鳴った。誰だろうと電話にでると、本社の営業の一人からで、「来週、得意先の豊岡専務さんが深圳へ視察に行きますので案内をたのみます」との連絡だった。

三日目、六月八日の午前中は特に予定がなく、時間に余裕があったので、空港へはタクシーに頼らずにバスを利用した。バス・ターミナルまで二人を送ったタクシー運転手は、「外国人が空港へ行くのにタクシーを利用せず、安いバスでいくものかね」と機嫌が悪かった。

午後一時の飛行機にて深圳に戻った。

耕三は、重慶観光から戻ると、日本からの富岡専務さんの来訪で、深圳のみならず、その西隣の東莞や、珠江を渡った対岸にある中山や、珠海へと一週間に亘り彼に付きっ切りで同行することになったため、六月はほとんど《織女》へ顔を出すことができなかった。従って余丹が店を守っていたわけだが、六月の成績も赤字基調であることには変りなかった。

売上げが伸びないなら、経費節減しかないだろうと考え、耕三は六月末日をもって、《織女》の事務所、更衣室、娯楽室として使ってきた追加賃借部分（全体のおよそ三〇パーセント）の賃貸契約を解約し、国際商業大廈へ返却した。

事務所にあった机と椅子の一組とファックス、テレビ、冷蔵庫は耕三のアパートへ持ち帰った。更衣室にあったロッカーは八連物一個と六連物一個をそれまでグループ客をもてなす個室として使っていた部屋を更衣室に戻し、そこに入れた。収容しきれないロッカーや折りたたみ椅子、冷房気、ソファなどは、加宮模具製造廠へ運び、倉庫で保管してもらった。

賃借スペースを縮小することにより、家賃、管理費、空調費を減らすことができ、少しは赤字額の圧縮に寄与するだろうと耕三は考えた。

「家賃が減っても、全体の経費としては、一割ほど少なくなるだけだから、店を続けてやるためには、客を呼び込むことのできる女性をリクルートするより他に方法がないようだね。どうしたものだろう」と耕三が余丹に相談すると。

「一人いい女がいるのよ。麗麗という女で、いま別の店で雇われママをやっているだけど、こちらへ来てもよいと言っているの。ただ、彼女は日本語も喋れて、客を呼び込む自信があるから、決められた月給で働くのではなく、歩合給にしてもらいたいといっているのよ。こちらの店での自分の客への売上げの三割を戻してくれるなら、《織女》の専属となってもいいと言っているわ。それに、彼女には妹がいて、その子も麗麗に負けず劣らずのやり手なの」

「三割とは大きく出たものだね。三割も渡していたら、仮に売上げを倍に増やすことができても、利益は出していけないよ」

「どうなるか、一度その条件でやらしてみたらどうかしら」

「他に当てがないのだから、それでやって見るより仕方がないか」と、この頃にはかなり最初の情熱を失ってきている耕三は、消極的ながら賛同したのだった。

三月の中頃までには、耕三はこの事業を十分採算の取れるものにし得るとの期待を抱いていた。しかし、行政執法検査局がやってきて、四万元を不法に稼いだとして没収され、その上同額の罰金まで払わされてから、彼のやる気は一気に萎えた感があった。

それまでは、余丹の歓心を買うことが、耕三の努力の源泉となっていたのであるが、だんだんと彼女と自分の年齢の差を意識するようになり、彼の関心は彼女の容姿を観賞して楽しむ方へと向き始めていた。もとから歳の違いを考えるとき、彼女と自分との間に恋愛感情が芽生えることは有り得ない。そのことは百も承知していた。だが、耕三が一縷の望みを託していたのは、もしかして、彼女が、彼の執心と金銭的貢ぎに敬意を表し、一度くらいは寝ることに同意することがありうるかも……と淡い期待を抱いていたのだが――。しかし、それも今となると、甘い希望的愚考に過ぎなかったと思えてくるのだった……。


大いなる野望（?）と目的を失った年取った男を見舞ったのは、ちょっとしたハプニングであった。七月に入って間もない頃、東京から知人が耕三を訪ねて遊びにきた。そして、特別頼まれた訳ではなかったが、その者を案内して、深圳では最大の観光スポットである《世界之窗》へその知人を案内したのだった。

年寄り二人での観光はつまらないと考え、三月に桂林へ同行してもらったオキャンの虞暁霞に同伴を頼んだ。見物を終えてから、その夜は《織女》に顔を出すつもりでいたから、東京からの友人を彼女の〈帯客〉扱いとさす予定にしてあった。

三人は一台のタクシーで《世界之窗》へ行き、入場券を買って中に入った。この遊園地は、当時まだ海外旅行が一般ではなかった中国において、人々が実際に海外へ出かけて行って世界の有名な奇観、建造物などを観ることはなかったから、そうした一般の中国人のために、それらを垣間見せようとの趣旨から作られたものらしかった。園内には、実物の何分の一かで模造されたパリのエッフェル塔や、ピサの斜塔や、ワシントンのホワイトハウスやエジプトのピラミットといった類のものが配置されている。入園者それらを見て廻るのである。たとえば、本物のパリにあるエッフェル塔の高さは約三〇〇メートルであるが、ここのものは一〇八メートルになっている。

遊覧に先立ち、耕三が手に提げていたバッグを一時預り所に預けた。この時、耕三の胸ポケットに入っていたパスポートを見た知人が気を利かせて、

「俺のバッグは預けないから、君のパスポートはこのバッグの中に仕舞っておこうか?」と申し出てくれた。耕三は別段その必要を感じなかったが、好意を無にするのも悪いとおもって、パスポートを彼に預けた。そして自分はカメラだけをもって公園を巡った。

二時間後、手荷物預り処に戻り、耕三は預けてあったカバンを受け取った。この時耕三は傍

にあったベンチに腰を下ろし、カメラをバッグにしまいこんでいた。そんな最中に、知人がパスポートを返してよこした。耕三はすぐにそれを胸のポケットに戻せばよかったのだが、どうもそうしなかったらしい。帰りのタクシーの中で、胸のポケットにパスポートがないことに気付いた耕三は、タクシーの運転手に車を停めてもらい、ポケットやバッグの中を丹念にしらべたが、パスポートは見当たらなかった。

耕三は財布を何度も失くした経験があった。だが、パスポートだけは失くしたことがなかった。人がパスポートを失くしたと聞くと（実際、二度ばかり身近で起きたが）、口に出しては言わなかったものの、「なんてヘマな奴だろう」と思ったものだ。海外旅行では、パスポートは命の次に大事なもの、財布は失くしてもパスポートは失くすなとは、よく言われることである。

耕三自身はパスポートをシャツの胸ポケットへ入れるのを習慣としていた。上衣は夏などには脱いで手に持つことがあるから、シャツの胸ポケットが一番便利で、また安全な場所であった。実際、それでパスポートを失くしたことはなかった。

パスポートを遺失したとなると、これは大変である。タクシー運転手に《世界之窗》へ戻って貰い、手荷物預かり所の近辺を探したが、当然のことながら見当たらなかった。遊園地のオフィスへ届出はしたものの、拾った者が届けてくれることはまずないだろうと思われた。とりあえず警察へは遺失届けを出して置くべきだろうと考え、届け出た。

耕三は友人を一先ず、彼のホテルまで送り届けてから、パスポートを再発行をしてもらうための具体的行動に取り掛かった。この地域で日本の領事館といえば、広州にあるらしいことは知っていた。先ずは領事館へ電話してみることにした。ホテル内に航空券を扱う旅行代理店があったので、そこで、日本の領事館の電話番号が判らないかと尋ねると、インターネットで探し出してくれた。そこから広州の日本領事館へ電話すると、道順を教えてくれ、再発行には写真が要るから用意するよう言われた。すでに夕刻ではあったが、直ぐ外に出て、パスポート用写真を撮影して貰った。出来上がりは翌日の朝だと言う。朝一番に欲しいから何時に開くかとたずねると、八時半だと言う。この友人の泊っているホテルが検査站の外（特区外）であったから、パスポートをなくした耕三も、同じホテルに宿泊することにした。

翌朝八時半に写真店へ行き出来上がった写真を受け取った。すぐ近くのバス発着場で広州行きバスの切符を六十元（日本円で約九百円）で買い求め、朝九時発のバスに乗った。深圳のここから広州までの所要時間は約二時間とのこと。

耕三にとって広州は初めて訪ねる都市であった。近くにいながら、上海、北京に次ぐ中国第三番目の大都市である広州へはまだ行ったことがなかった。バスが道路を進むにつれ、行き先を「广州」と横書きしたバスが各方面からやってくるのに出遭った。この「広」の簡体字である「广」の字を見るとき、その字面のなんと広い印象を与えたことか。「広」や「廣」からは感じられない幅の広さが感じられ、耕三はそれをかっこよいとさえ感じた。出発から一時間半ほど経った地点からバスが横切る河川の数が俄然多くなった。大きい河を越えたと思うと直ぐに中くらいの川が現れ、また新たな河川が現れる。ここが正に珠江の「州」であることが納得される。そしてバスが終着駅に近くなったことも予測できるのであった。

十一時十五分に広州の汽車客運站（バス・ターミナル）に着いた。火車の発着する広州站に隣接している。駅前広場は人の群れで埋め尽くされていた。領事館が昼休みに入るまでにはまだ四十五分ある。耕三はタクシーで花園大厦まで急行した。運転手は五つ星ホテルである花園酒店の表玄関で車を停め、耕三を降ろした。領事館はホテルの裏側の一階にあった。

領事館にて、耕三はパスポートを失くしたことを述べ、深圳の警察署への遺失届の控えを見せた。すると係官がこう言った。

「深圳で失くした場合は、深圳の外国人管理事務所にて遺失届け証明を発行してもらってから、こちらへ来てもらわなければなりません」

ええッ、深圳から二時間半近くをかけてやって来たばかりなのに、また広州―深圳を往復しなければならないのか？　汽車を利用するとしても、片道一時間半、一時間で手続きができたとしても、帰りの一時間半とあわせて最短で四時間はかかる計算になる。しかしこれはあくまでも計算上でのことで、事はそんなに都合よく運ぶとは到底思えない。

だが、その時耕三は咄嗟に気付いて訊ねていた。

「広州で失くしたことにすれば、深圳まで帰ることはないですよね」

「いや、そうだとは、領事館としては言えません」

これで耕三はすべてを了解した。すぐに領事館を出て、近くに警察の派出所がないかと探した。すると、果たしてすぐ近くにあることが分った。そこに駈けこみ、パスポートを失くしたから遺失届けをしたいと言うと、そこの警官は、いつ、何処でなくしたのかときく。耕三は今日広州へ来たが、こちらへ来てからパスポートのないことに気付いた。来るときに乗ったバスの中かもしれないし、バスを降りてからかもしれないと返事した。すると、警官は、

「昨夜あなたが広州に宿泊しているならば、ホテルに問い合わせて、あなたが広州にいたことを確認できるから、直ぐにでも届出を受け付けることができるが、広州に宿泊していないのならば、あなたが広州でなくしたかどうかが証明できない。あなたが嘘を言っていることも有り得るのだから、広州での遺失の届けを受け付けることはできません」

とにべもなく言う。この警官の応対の様子から、耕三は、まずかった、と感じた。恐らくこの派出所は日本の領事館に近いから、同じようなことを言ってくる者が多いのではないだろうか、と気付いたのであった。ここですぐに引き下がっていてはだめだと、食い下がっていると、出入国管理事務所へ行ってみろという。警察での遺失届けの控えを入手してからでないと、管理事務所へ行っても無駄なことは、先刻領事館で教えられたばかりである。でもここで粘ってみても駄目そうな雰囲気だった。

えい、仕方がない。行ってみようと、タクシーを拾って出入国管理事務所へ行った。ところ

が、こちらは昼休み中で、午後の受付は二時二十分からとなっている。午前中の受付は十一時半迄で、午後は二時二十分からだと、二時間五十分もの間窓口が閉まっていることになる。時計を見るとまだ一時すこし前である。あと一時間半ばかり待つ必要がある。

長い待ち時間をどう潰そうかと思案していて、そうだ、もう一度先刻とは別の派出所へ行ってみようという考えが浮んだ。ちょうどその時、警察の車がやってきて近くに止まった。その警官に訊ねると、近くに派出所が一つあることが判った。教えられたとおり歩くこと十分ほどで、本通りを外れ、路地を入ったところにある派出所に行き着いた。

入り口に近い机に向って、一人の年の頃五十歳くらいと思われる男の警察官が書き物をしていた。中に入ると床の上に一人の鼻血を流して、顔中血で汚れた男がうずくまっていた。喧嘩をして殴られたらしいことが察せられた。

耕三が警官に近づき、相手が顔を上げた。見ると人の良さそうな警官である。耕三は心の中で、しめた、これは首尾よくいきそうだぞ、と思った。

「何の用だね？」

今度は作戦を変え、耕三はパスポートを広州で昨日失くしたことにした。そして本来は広州で泊まるつもりであったが、パスポートがなくてはホテルに泊まれないので、深圳まで戻り、よく利用するホテルに泊まった。これが今朝ホテルでもらった宿泊料金明細書だといって、ホテルで貰った明細書を見せた。すると、警官はパスポートがなくてどうやって深圳の検査站を通過できたのかと聞いてきた。それはこのホテルが関内ではなく、関外にあるから、検査站を通過する必要がないことを説明した。すると後は愚図ぐず言わず、直ぐに遺失届けの受付をしてくれた。

耕三が警察への届出書の控えをもって出入国管理事務所に戻ったのは一時四十五分頃であった。すでに二名のものが並んで順番待ちをしていた。耕三は三番の番号札を受け取ることができた。ここの事務所が午後二時二〇分にしか開かないことに業を煮やしていたのだが、考えてみればそのお陰で遺失届の控えが入手できたのである。そしてこれがなければ今ここに並んでいても無意味だったのだ。やはり、全ては塞翁が馬なのだ。

二時三〇分、先刻警察で貰った控書を提出する。すると、直ぐに出入国管理事務所としての遺失証明書を発行しますという。三時には証明書を入手、再度日本領事館へ急行し、パスポート再発行の申し込み用紙に所要事項を書き込み、写真を添付して差し出した。すると、係官が言うには、「三日以内に発行できます」であった。

「えっ？　三日間も掛かるのですか？」

「日本へ照会しますので、それくらい掛ります」

「そうですか、解りました」

耕三がこうしたやり取りをしている間にも、別の日本人がやはり深圳でパスポートを失くしたと言ってやってきた。この男は香港に帰らなければならないが、言葉もままならないで困ったといい、更には、「日系企業が難渋しているのだから、何とかして下さい」と、個人の失敗を企業の問題にすり替える笑止な発言もしていたが、そこはある程度教養があると見えて、役所でそれ以上言っても無駄と悟ったらしく、遺失届け、並びに証明書を取るため、秘書らしい女性と一緒に去っていった。

控え室の中では、耕三の前でしきりに再発行申請書に必要事項を記入している男もいた。パスポートを失くす者が多いと見える。おそらくこの日が特別なわけではなく、毎日何人かがここへやってくるのであろう。日本でならば外国人がパスポートを失くしても、恐らく大半は警察に届くのであろうが、ここ中国では一度失くしてしまったら、出てくる心配がないといった事情によるものと思う。

深圳に戻って二日後に、広州の日本領事館から電話があった。「パスポートが明日発行できます」との知らせであった。やれやれである。耕三は二、三日中にも広州までパスポートを受け取りに行く旨を伝えたのだった。

二日後の水曜日、耕三は深圳駅から急行列車に乗り、広州東駅へ向かった。一時四十分頃に到着した。耕三は直ぐにタクシーを拾い、領事館へ直行した。

再発行の手数料九百二十三元と東京への往復電報料として請求のあった八十二元（日本円に換算した合計額は約一万四千円）を支払って、再発行されたパスポートを受け取った。やれやれ、これで一件落着と胸をなでおろしたのであった。ところが、これで全てが片付いた訳ではなかった。ビザを必要としない国ならば、この時点でパスポートを胸ポケットに収め、大手を振って自分の行きたい方へ向かえばよいが、中国へ入るにはビザが必要であった。

遺失したパスポート上にあったビザの有効期限は切れてはいなかったが、そのパスポートを失くしたのだから、新しいパスポートに新たにビザを取得しなければ、中国には居られない理屈になるらしい。実は、こうしたことは領事館の事務員から教わったことで、それまで耕三はこのパスポートを持って中国を一度出て（と言うことは、ビザの要らない香港へ行くつもりであったが）そこで中国ビサを取得して再入国すればよいものと思っていた。

ビザ取得には前回遺失証明書を発行して貰った外国人管理事務所へ行けばよいと教えられて、耕三はすぐにタクシーでそちらへ移動した。ところが、こちらでは水曜日の午後は一般事務の取り扱いをしないという。この七月十二日は水曜日だったのである。土曜日ならともかく、水曜日に半ドンのようなことになっていようとは、誰が予想できたろう？

仕方がない。耕三は一泊する決心をし、時間も早いから、どこか近くに適当なホテルはないかと歩いていった。前回交番を捜して歩いた道がかなりの繁華街であったことを思い出したから、そちらの方向に歩いて行った。車の通行量の多い道で、食堂、タバコ屋、菓子屋など小規模の商店が隙間なく並んだ舗道を歩いて行くと、河岸に出た。珠江の河畔であった。前方にホテルの看板が見えた。ホテル名が馴染みのある富麗華（FURAMA）とあったから、断然これに決めた。三ツ星ホテルであったが、値段が三百二十八元（日本円にして四千六百円）と割安であった。おまけに、ホテルでの足浴（足裏マッサージを含む）が午後九時半以前に利用するならば、無料となるサービス券まで貰えた。

夕食を外で食べようとホテルから出て、ぶらぶら歩いて行くと、大きくて荘厳なファサードをもつカトリックの寺院が目に入ってきた。（これは、耕三が後日調べて分かったことであるが、ここらあたりは旧フランス租界であった地区で、彼が見たのは、一八六三年から二十五年間かけて造られた、中国では最も高い尖塔をもつ**石室天主堂教会**とよばれている建物である。）

食事の後、ホテルで、足マッサージを受けた。まる一時間、丁寧な足裏と脚のマッサージを無料で受けることが出来たのだが、日本ならば、これだけのマッサージにはこのホテルの宿泊費と同程度の代金がとられたに違いない。奮発して二十元（約三百円）のチップを按摩に渡した。

夜になると、部屋の窓から見える夜景が敬三をロマンチックな気分にさせた。対岸の街路灯とビル群の灯りが珠江に投影し、川面に映った黄金色の灯りが、時折往来する船の起こす波に、揺れては煌めいていた。彼は我知らずボールペンを執り、ホテルの便箋上にその夜景を夢中になってスケッチしていた。

翌朝、八時十五分に外国人管理事務所のある出入境ビルへ行った。幸いにも、外国人ビザ申請窓口には耕三の前に誰もいなかった。受付は直ぐに終えたのだが、交付は明日になると言う。

「えっ、今日貰えないのですか？　明日深圳で仕事があるのですが……、なんとかなりませんか？」

「無理ですね。今日は幹部がカイフイ（開会）で、サインをするものがいないから」

「あなたが代わりにサインできないのですか」

「ははぁ、そりゃ勿論できないですよ」

中国の役所ではどうもこのカイフイが曲者である。意味は文字通り、「会を開く」ことであるが、果たしてなにをしていることやら。

役所の窓口で押し問答しても埒が明かないことは判っているから、諦めてもう一泊することに気持ちを整理し直した。それにしても、こんなところで、昨日の午後と今日丸一日を無駄に過ごすことになるのならば、昨日の領事館員の言葉を無視して、香港へ行っておけばよかったと後悔しきりであった。

時間はまだ昼前であった。時間つぶしに、珠江沿いの道を白天鵝ホテルに向かって歩いていった。このあたりの地名は沙面といい、緑の多い公園となっている。（アヘン戦争後に欧米列強の租界となっていたところだと後日知った。）暑いことを我慢するならば、漫ろ歩きにもってこいの場所であった。年を経た榕樹の並木が立派で、美しい。広州は、河川が太古以来、大陸奥地から運んで来た土砂が堆積して出来た広い州の上に発展した大都市である。その中央を流れる珠江を下って行った河口に香港がある。水上バスの行き交うここらあたりは、セーヌ川を思い起こさせる情趣がある。カメラをもってこなかったのが残念に思われた。耕三は使い捨てカメラを買い求め、榕樹や珠江の写真を撮った。

夕方になり、領事館の傍に日本食レストランがあったことを思い出した耕三は、タクシーで花園酒店へ移動した。夕食後、花園飯店の通りを挟んで向側に白雲賓館なるホテルを見つけ、そこで泊ることに決め、チェックインした。

部屋に入って、机上の館内案内書をめくっていて、耕三は現地公安部の宿泊客向けの警告書があるのに気付いた。彼は何気なくそれを読んで行ったのだが、その内容は大いに彼の興味を惹くものだった。そこには、次のように書いてあったからだ。

『違法犯罪者分子が他人の持ち物を自分のものとする目的で、時間、地点、場所を限らず、違法犯罪活動を行なう機会を覗っています。あなたの生命および財産の安全のため、公安部門ではあなたに次のような事例を警告としてお知らせします。
＊一、道路辺などの場所で、金銭、財物或いは貴重品を拾って、それを見た者に分け前の利をもって誘い、あなたの身の上の財物を彼らが予め用意した袋あるいは鞄の中へ入れさせ密かにすり替えて騙し取る。
二、以下は省略――』

＊この部分の原文（但し中国の簡体字を日本で使用の漢字に改めた）は「一、在馬路辺等地方、以拾到銭、財物、或貴重物品、見者有份為利誘、引您身上的財物放進他們所預備的袋或包内、進行調包詐騙。」であった。

この一の事例こそは、耕三が十ヶ月前に、クラブ開業資金として一千万円を現金で深圳へ持ち込んだ日に出遭った二人組み詐欺師の手口と酷似していた。この警告書を読んで、初めて耕三はこの種の詐欺が中国では既に横行しており、公安がこうしてホテル宿泊客に対し、警告を発していることを知ったのだった。ただ、これを読んで、はたして何人の中国人がここに書かれた詐欺の手口を理解できただろうか？

床に就くのは早すぎたから、耕三は食後の腹こなしにと、部屋を出てホテルの近隣を散歩していた。その時、少し暗くなった歩道で客引きをする女の子とすれ違った。それが誰あろうつい先ごろまで《織女》で一か月ほど働いていた周小姐であったので大いに驚いた。咄嗟におもい出したのは余丹の「誰でも貧乏すると客をとりますよ」と言った言葉であった。彼女も金に困っていたのだろう。耕三は、彼女とここで合ったのも、何かの縁と考え、彼女を連れてホテルへ戻った。彼の宿泊する階に到り、彼女を従えて自身の部屋に向かって歩いていたとき、廊下をやって来たのは当直の女服務員であった。彼女は周小姐を険しい口調で呼び止めた。

「あなた何処へいくの？」

「この子は僕の知り合いでね……」

と耕三が説明しかけたが、当直の女は耕三の方を無視して、畳み掛けるように、

「身份証を見せない」

と手厳しく言う。周小姐は困った顔をしてもじもじしていた。そこで耕三は自身の財布を取り

出し、五十元札を抜き取り、それを服務員に渡した。それで二人は無罪放免となった。

その夜、周小姐は、言わずもがなの弁明をした。耕三にとってその話はすでにどこかで一、二度聞いたことがあるような気がした。弟が入院していて、治療費が大変なので、彼女がこうしてでも稼がざるを得ないのだと彼女の止むに止まれぬ事情を述べた。一時間後、耕三は周小姐に千元を渡して、ホテルから返した。

翌朝七時、ホテルをチェックアウト。タクシーで出入境ビルへ急行したが、着くのが早すぎて始業にはまだかなり時間があった。それでは朝食をとろうと、すぐ傍のホテルに入っていくと、広東式レストランがあり、飲茶の時間だった。このレストランには大きな回転するテーブルの載った卓が七、八つあった。二、三人連れの客が多く、三三五五テーブルに着いていた。耕三は、一組の老夫婦が腰掛けたばかりの卓の端に、独りで席に着いた。耕三の向かいの夫婦は常連客らしく、それぞれステンレス製のコップと箸を持参におよんでいる。茶瓶に入ったお茶がくると、彼らは、先ずそれを自分たちが持参したコップに注ぎ、その中で箸を漱ぎ、漱ぎに使ったコップの中の茶をレストランがそのために用意した鉢にあけた。

耕三は、蒸籠に入った蒸し物を二品とり、別に皮蛋粥を一碗注文した。丼一杯のピータン入り粥と蒸し物二皿は食べきれないほどの量があった。これでたったの十七・五元（約二百四十五円）とは嬉しい限りであった。

八時十五分、出入境ビル五階のカウンターまで行く。カウンター内の職員は、耕三の差し出した申込控え上に『受け渡し時間＝十時』と記載されているのを見て、未だだと言う。しかし、カウンター内の机の上に、パスポートが何十冊か重ねられているのが見え、どうもその中に耕三のパスポートがありそうに思えた。そこで耕三は、本当にまだ出来上がっていないかどうか探してみてくれと頼んだ。

すると、もう一人の職員がコンピューターの記録を見てくれた。そして、「うん、出来上がっているね」と言って探し出してくれた。手数料二百五十元を支払い、ビザつきのパスポートを受け取ったときは、午前八時四十五分であった。

ビサ取得のため広州に二日も足止めされたのであったが、そのお陰で、珠江沿いの沙面公園を散策する機会に恵まれたと考えれば、あながち不運ともいえないと思った。

耕三はタクシーと地下鉄を乗り継いて、広州東站（東駅）に至り、九時三十八分発の深圳行急行列車に乗り、ちょうど一時間後に深圳駅のプラットホームに降り立っていた。

《織女》は七月の営業成績も振るわなかった。売上げは圧倒的に麗麗・璐璐姉妹に頼ったものになっており、彼女達に粗利の三割を持っていかれ、加瀬社長と耕三の投資で成った設備と家賃その他の経費をただで使っての、濡れ手に粟のように稼がれる結果に終っていた。売上げは前月に比べ若干増えたものの、耕三が懸念したとおり、損失額は前月よりも更に大きくなっていた。その結果、一月開業以来の累積損失額は人民元で三十五万元（日本円にして四百九十万円）に達していた。早い話が、耕三が日本から持ち込んだ現金五百万円は完全に消えてなくなっていたのである。

八月の五日に従業員に給金を払った時点で、耕三は余丹に、淡々と言い渡した。

「余丹、残念ながら、《織女》は解散することにするよ。このまま営業を継続しても、やればやるだけ損失が膨らでいくに違いない。後二ヶ月も営業していたら、現金が底をつき、家賃はもとより、女の子たちへの月給も払えなくなるだろう。ここらが潮時と考え、《織女》を解散することにしたよ」

これは相談ではなく、通告であった。

「こんなことになるぐらいならば、あのお金はそっくり私にくれておいた方がよかったわね」

と余丹が意味深長な面持ちで言った。耕三はこれには全く驚いた。と言うよりは、呆れてあいた口がふさがらなかった。店を出させてくれと言い出したのは、余丹である。その余丹が今となって店を出さないで、お金を全部自分に貢いで（？）おけばよかったと言ったのである。その意味するところはなんなのだ？　仮定として、日本円五百万円いただいたならば、私はあなたと寝ましたよという意味なのか？

しかし、仮定の話をしてみても何の役にもたたない。耕三は言った。

「店を出させて欲しいといったのは、余丹、それは君で、あの時は『絶対儲かると思う』と言っていたのだよ」

「営業許可が取れていれば、利益をだしていけたのにねぇ。でも、わたしはまだ何とか頑張って見たいわ。ねぇ、私にこの店の営業権を譲ってもらえませんか？」

「後は君が責任をとるというならばいいよ。その場合は、条件をつけることになるだろうね。条件とは、保証金を積んでもらうことになる。そうだな、いまも国際商業大廈に預けてある、保証金が五万六千元あるのだから、ほぼそれと同額の五万元を保証金として、僕に預けてもらおう。これ以降の営業で、利益がでたら、それは全部君の稼ぎとしてもよい。ただし、赤字が出た場合は、君が埋め合わせをすることになる。こう言う条件なら、《織女》の営業権をそっくり君に差し上げるよ」

「きびしいなぁ～。でもやってみます」

「それじゃ契約書を作成するから、君の方では五万元を用意してくれ」

七月末の時点で、耕三と余丹は、文房具屋から買ってきた盤点表（棚卸表）を使って在庫の棚卸をしたのだったが、酒類を主とする商品在庫はおよそ一万元分が残っていた。

翌日七月六日、余丹は五万元を準備してきた。耕三はお金の受領書に署名し、受け取った金は全額、彼の名義で招商銀行へ預け入れた。

保証金五万元を積んでクラブ経営を続けた余丹ではあったが、結局彼女は八月末までの一ヶ月間店を開けていただけで、九月には継続することを断念した。耕三は国際商業大廈との賃貸契約を解消した。店にあったカラオケ設備を含む動産は、加宮模具製造廠の倉庫に保管されることになった。国際商業大廈との賃貸契約解除は、当初の三ヶ年契約からみると、途中解除に当たるが、ビル側からは違約金を請求されることはなかった。テナントの《織女》側の費用で内装を施し、その内装の中、床や天井はそのままビル側が次のテナントに使ってもらえる可能性が高かったからである。

廃業から更に一ヶ月経って、余丹からカラオケの設備を譲って欲しいとの依頼があり、耕三は加瀬社長の了解をとって、カラオケの設備一式（取得価格約十万元）を無償で彼女に譲渡したのだった。この時点で香港の音響メーカーからは、「ソフトの使用量はもう頂きませんので、自由にお使い下さい」との通知を貰っていた。カラオケ設備を無償で譲り受けた余丹は、それを恐らくは、誰かに有償で譲渡したものと思う。もちろん、耕三は余丹から預かっていた保証金は全額彼女に返還した。

耕三は、これにて、およそ一年間に亘り係わってきた、《織女》との縁が切れたのであった。金の切れ目が縁の切れ目？　耕三は消えてしまった一千万円はもったいないことをしたものだとは思ったし、加瀬社長には無駄金を使わせて悪いことをしたとも思ったが、この度のことは、耕三としては、それほど残念にも思わなかったし、それで寂しくも感じなかった。何故ならば、彼には新しい上海への進出を手伝う仕事が待っていたからである。深圳の工場に続く、中国での第二の工場建設が企画されていた。耕三は、深圳がだめなら上海があるさ、と更なる夢を上海での新しい出会いに託そうと考えていた。

くらぶ《織女》は上述しましたように、たった半年余りの営業であえなくも廃業に追い込まれました。一方、その向い側で営業していました《銀河》はその後も、営業を続けていました。《織女》の廃業から数ヶ月を経ました頃には、深圳のこの地区で、日本人客を当て込んだ店が新たに二つばかり開店していました。その一つは、数ヶ月前まで《織女》のママさんでした趙文娟も参加した数名のグループによる出店で、その場所は近くの新しいビルの十三階に位置していました。もう一つは、規模が小さく、内装は壁紙だけのお金をかけないシンプルな店でした。それらのいずれの店へも、耕三は客となって様子を覗きにいったことがあります。彼から見て、特別繁盛しているとも思えなかったのですが、果たして儲けはどの程度だったのでしょうか？　このように、日本人客を当て込んだクラブは、消えていく店もあれば、新たに開業する店もありました。

《銀河》が続けて営業できたのは、恐らくはママさんの葉虹が日本語ができて、客を呼び込む能力もあったと言うことだろうと思います。更には役人に対する対応も当を得ていたに違いありません。《銀河》は、それから二年半後の二〇〇三年三月末までは営業していました。

《銀河》が廃業に追い込まれましたのは、新型肺炎（ＳＡＲＳ）の影響によるものでした。二〇〇二年十一月に広東で最初の発症が確認されましたこの疫病は、二〇〇三年三月には、香港、ベトナムで多発し、続いてシンガポール、カナダ、台湾、北京などへ飛び火したことは、読者の皆さんご承知の通りです。この影響で、日本からの深圳への出張者の数が減ったことに加え、現地に滞在する人々は人の集まる場所での会食、遊興を差控えたため、多くのレストランが営業不振に陥ったのでしたが、《銀河》もその煽りを喰ったのでした。

ところで、このサーズ騒ぎの時期に、田村耕三は上海にいました。ある日、上海で仕事中の耕三の携帯電話へ余丹から電話が飛び込んできたことがあります。その電話機を通して傍で泣く赤子の声が聴こえてきました。

「あれ？　赤ちゃんの声ではないの」と耕三が訊ねました。

「そう、わたしの赤ちゃんです。生後五ヶ月の女の子よ」と、余丹は明るい声で答えました。

これより前のこと、耕三が深圳から上海へ移動する*直前の二〇〇〇年十一月に、彼女は突然、それまで住んでいたアパート——彼女は従姉の旦那さんのアパートの一室に住まわしても

* 耕三は二〇〇〇年十二月二〇日に深圳から上海へ移動した。マカオ返還一周年の記念日のことであった。彼が飛行機の中で読んだ新聞は、その前日にマカオで江沢民も出席して催された晩餐会があったことや、マカオで中国当局による弾圧に抗議活動をしようとした気功集団「法輪功」のメンバー約三〇人と地元民主活動家が一時拘束されたことを報じていた。

らっていると耕三は聞かされていました――を出て、元のアパートから車で三十分ほどかかるところへ引っ越しました。当時、彼女がどうして急に転居することになったのか、耕三には何の説明もなかったのですが、あの引越しがこの出産につながる出来事だったに違いありません。耕三は余丹の生んだ子の父親が誰なのか知りません。

この小説はフィクションです。この作品に登場する人物・団体等は実在するものとは一切関係がありません。

著者紹介

岩間俊卓（いわまとしつね）
1938年愛媛県生まれ。県立西条高校、明治学院大学英文学科卒業後、現役中は主に金型業界で輸出入の仕事に従事した。著書に『懐かしの台湾』（ブイツーソリューション）がある。

深圳（しんせん）の夜

2015年1月20日　初版第1刷発行

著者　岩間　俊卓

発行所　ブイツーソリューション
〒466-0848 名古屋市昭和区長戸町 4-40
電話 052-799-7391　Fax 052-799-7984

発売元　星雲社
〒112-0012 東京都文京区大塚 3-21-10
電話 03-3947-1021　Fax 03-3947-1617

印刷所　渋谷文泉閣

ISBN 978-4-434-20146-2